KB179388

삼 일만 눈을 뜰 수 있다면

국립중앙도서관 출판시도서목록(CIP)

삼 일만 눈을 뜰 수 있다면 : 송경태 시집 / 송경태 지음. — 서울 : 청동거울, 2008
p. ; cm. —
ISBN 978-89-5749-109-6 03810 : ₩9,500
811.6-KDC4 895.715-DDC21 CIP2008001063

삼 일만 눈을 뜰 수 있다면

2008년 4월 15일 1판 1쇄 발행 / 2009년 6월 21일 1판 2쇄 발행

지은이 송경태 / 펴낸이 임은주 / 펴낸곳 도서출판 청동거울 /
출판등록 1998년 5월 14일 제13-532호
주소 (137-070) 서울 서초구 서초동 1359-4 동영빌딩 /
전화 02)584-9886~7 / 팩스 02)584-9882 /
전자우편 cheong21@freechal.com / cheong1998@hanmail.net

편집주간 조태봉 / 편집 김상훈 최설주 / 마케팅 김상석

값 9,500원

잘못된 책은 바꾸어 드립니다.

First published in Korea in 2008 by CHEONGDONGKEOWOOL Publishing Co.
Printed in Korea.

ISBN 978-89-5749-109-6

삶이란 눈을 뜰 수 있다면

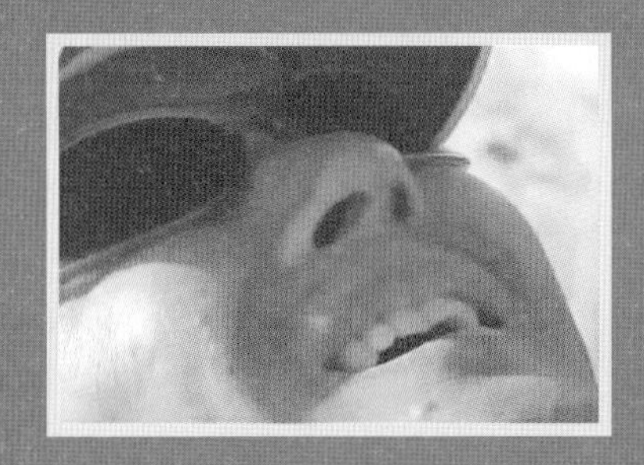

송경태 시집

청동거울

시집을 펴내면서

실명은 한순간에 모든 것을 앗아 갔습니다.
나의 꿈과 희망을 좌절과 절망으로
사랑과 믿음을 미움과 불신으로
도전과 극복을 자포자기로 바꿔 놓았습니다.

그러나
그대로 주저앉을 수는 없었습니다.
동전의 양면처럼 마음속에 일렁이는
'자살'을 '살자'로 선택한 이후
치열한 경쟁 사회에서 앞서진 못할망정
뒤처지지는 말자고
하루에도 수없이 혀를 깨물고 뛰었지만
세상은 결코 호락호락하지 않았고
그 장애물들을 넘는 것은
누구도 대신해 줄 수 없는 나의 몫으로
고스란히 남았습니다.

세상 모든 존재는
내게 괴로움과 즐거움으로 다가와
많은 고통과 큰 어려움을 안겨 주었지만
그에 도전해서 성취하는 기쁨이야말로
삶의 가치가 무엇인지를 보여주었습니다.

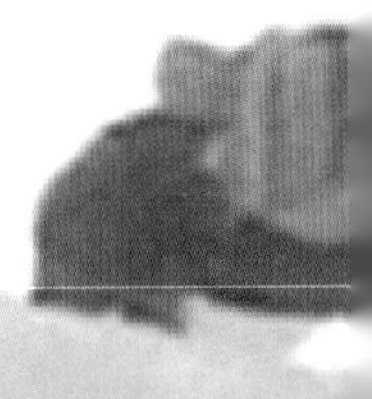

찬바람 쌩쌩 불어 손발 시린 오늘도
나는 나의 한계를 극복하기 위해
장애를 내 삶의 축복으로 껴안고
안내견 '잔디'와 함께 전주천변을 뛰었습니다.
이러한 나의 모습이
장애인들에게 자신감을 심어 주고
자립 의지를 키워 줄 수 있기를 소망하면서.

암흑 속에 묻혀 있던 돌조각 같은 시들을
따뜻한 봄볕 위로 끌어내어 주신
박예분 작가님께 감사한 마음 전합니다.

2008년 1월
벽강 송경태

차례

아픔

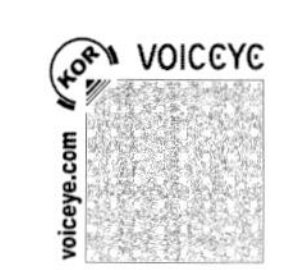

세상 속으로

도전

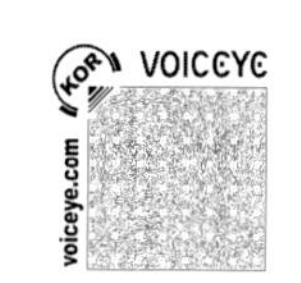

사는 게 희망이다

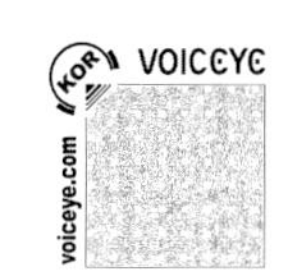

| 해설 |

5분 자유발언 • 신분 상승 • 열린 맨홀 뚜껑 • 잔디야, 산책 나가자 • 어머니 당신은 • 번갯불 • 난 원숭이가 아니다 • 장애인 취업 • 봉자 • 천만다행 • 임대 아파트 관리비 체납 • 시내버스 정류장에서 • 봄 타는 남자 • 문전박대 • 왜 자장면 집만 가요 • 소통의 부재 • 소금 세례 1 • 소금 세례 2 • 어디까지 가세요 • 푸대접 • 미주 한인 장로집에 초대받던 날 • 여성장애인 성폭행 • 여성장애인 야학 • 인도 위에 파묻힌 지뢰들 • 혼자는 살 수 없다 • 산다는 게 참 • 배구 연습장에서 • 산행 안내 • 싫은 사람 • 정말 나쁜 사람들 • 시각장애인 등반하는 날 • 어떤 동창회 • 다람쥐야 • 시각장애인의 애환 • 태풍 나리 • 다문화사회 • 카세트테이프에게 • 꼬마 천사 • 분노

아픔

5분 자유발언

두 다리 없는 장애인
입에 풀칠 못해 차라리
감옥에 좀 넣어 달라

두 손 없는 장애인
노는 것도 지긋지긋하니
일자리 좀 달라

두 눈 잃은 시각장애인
나들이가 소원이라
세상 구경 좀 시켜 달라

애원하고
호통치고
울부짖으며 시민에게 고하는
5분 자유발언마저
횟수 제한

숨 막히는 서민들의 원
언제나 해소될지.

신분 상승

시각장애인이 길을 나서면,
집구석에 처박혀 있지 뭣 하러 싸돌아다녀
에이 재수 없어 퉤, 퉤, 퉤,

시각장애인도서관장이 길을 나서면
결혼했어? 한 달 수입은 얼마나 돼?
에이, 아까운 사람 쯔쯧 혀를 차고

시각장애인 의원이 길을 나서면
얼마나 고생했어, 술이나 한잔 하자구.
에이, 네 밥이 내 밥 허허허

열린 맨홀 뚜껑

흰 지팡이 짚고
객사에서 예수병원까지 더듬어 오는데
갑자기 꺼지는 땅.

한참 후
정신 차려 보니
가슴까지 물이 찼다.

용궁인가?
냄새 고약한 걸 보면
천국은 아닌 것 같고 그럼 지옥인가

사람 살려
사람 살려

죽음의 문턱에서
지나던 행인이 손을 내민다.

잔디야, 산책 나가자

좋아라, 꼬리가 휘도록 뒹굴며
현관문 앞에서 식식대는 잔디

하네스 채우고
앞으로! 한마디 명령하면
힘차게 나를 당기며
길을 튼다.

차들이 먼저 가겠다고
빵–빵– 거리면
주춤주춤 그대로 멈추고선

다시 살살 꼬리 치며
앞으로 가다가 또 주춤주춤

커다란 바위가 길을 막고 있다고
알아서 옆으로 조심조심
길을 내며 앞으로 나가던 잔디
어느새 화산공원 체력단련장이다.

내 속으로 낳은 녀석들에게

어쩌다 산책 안내 부탁하면
바쁘다, 핑계대기 일쑤인데

늘 불평 한마디 없는 잔디는
나의 사랑스런 분신.

나의 눈, 나의 분신, 잔디야!

어머니 당신은

열아홉에
굽이굽이 험한 고개 열두 개나 넘어
가난한 송씨 집안 맏아들에게 시집 왔다지요.

스물하나에는
하얀 눈이 온 세상을 따스하게 덮던 날
아들자식 낳고서야 며느리 대접 받았다지요.

스물다섯에는
급체하여 열이 펄펄 끓던 불덩이 같은 자식 등에 업고
읍내 병원까지 밤길 이십 리를 달렸다지요.

당신 나이 서른하나
유난히 추웠던 그해 겨울 자식이 학교에서 돌아올 무렵
자식 외투 걸치고 동구 밖으로 나가 마냥 기다리며
당신의 체온으로 덥혀진 외투를 따뜻이 입혀 주었지요.

마흔둘의 당신
귀한 자식 군대 보내 놓고 얼마 되지 않아
국군통합병원에 입원한 아들 보고 하늘이 무너져라 울었지요.
내 눈 빼서 아들 눈 고쳐 달라

군의관 바짓가랑이 부여잡고 애원하였지요.

당신 나이 마흔넷
눈 시릴 만큼 파란 가을 하늘 빛에 빨간 고추를 말리던 날
결혼할 여자라며, 집으로 데려온 자식에게
짙은 분칠 마음에 들지 않지만 자식이 좋다니까
어머니 당신은 그저 순순히 좋다 하셨지요.

어머니 이순에는
집배원이 자전거를 타고 다녀갔지요.
환갑이라고 자식들이 모처럼 돈을 보냈는데
당신은 미리 받은 돈으로 자식들 보약을 지어 놓고
바빠서 오지 못한다는 자식들 전화에
애써 서운한 기색을 감추며 전화를 끊으셨지요.

그리고 예순다섯
자식 내외가 바쁘다고 명절에 못 온다고 했지요.
동네 사람들과 둘러앉아 만두를 빚으며
평생 처음으로 거짓말을 하던 당신
아들이 왔다가 바빠서 아침 일찍 다시 돌아갔다고
그리곤 방 안에 혼자 앉아 자식들 사진 꺼내 보시던 당신

당신의 평생 소원은 오직 하나
꿈속에도 자식들 잘되기만을 기도하며 살다가
이젠 성성한 백발에 깊은 주름으로 웃는 당신

우리는 그런 당신을 어머니라 부릅니다.

번갯불

흰 지팡이 짚고
예수병원서 광진 아파트 쪽으로 가는 길
갑자기 이마에 벼락이 친다

오른쪽 뺨을 타고 따뜻한 것이 흐른다
흰 지팡이 왼손에 옮기고
오른손으로 얼굴을 더듬으니
끈적끈적한 것이 손가락에 미끄덩거린다.

누군가 열어 놓은 승합차 뒤쪽 문 모서리에
내 오른쪽 눈썹이 찢기었다
주머니에서 화장지를 꺼내 지혈시키고선

개새끼, 하마터면 눈 빠질 뻔했잖아!

난 원숭이가 아니다

휠체어 타고
중앙 성당에서 객사까지 울퉁불퉁한 인도
따라 걷자니 허리에 심한 통증이 온다

흰 지팡이 짚고
예술회관에서 시청 가는 길 인도에 세워 둔
불법 입간판에 부딪혀 무릎이 시리다

와중에 급한 볼일까지 생겨
화장실 찾았으나 보이는 건 상가뿐
겨우 찾은 곳은 휠체어로 갈 수 없는 2층 계단

할 수 없이 모퉁이서 볼 일 보는데
나를 더 힘들게 하는 건
이방인 대하듯 바라보는 따가운 눈총들.

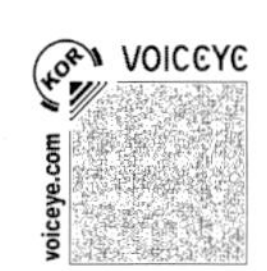

살아있음의 또 다른 몸짓, 마라톤.
나는 달리고 또 달리고, 달린다.

장애인 취업

장애인 취업률 38.2%
한 달 평균 소득 70만 원대
우리나라 장애인 복지 현주소다

장애인 결혼률 56%
장애인 주택보급률 34.2%
이것이 우리나라 장애인 복지 현주소

칠팔십 년대 성장 논리에 밀려
날품 팔 일터마저 강자에게 빼앗기고
도시 개발 미명 아래 철거당한 판잣집은
허허벌판 위에 움막으로 변하고

노점상 자릿세 밀렸다는 이유로
재산 1호인 리어카
쇠망치로 사정없이 때려 부숴 버리고

길가에 내동댕이친 상처난 사과
무릎 꿇어 주워 모으려고 내민 손
육중한 워커발이 짓이겨 버리고

방 안에 갇힌 채
피골이 상접한 어린 자식들
밥 달라, 보채는 소리
천둥처럼 가슴을 치며 울리는데

하느님, 이를 어쩌면 좋습니까?

봉자

지체장애 1급인 남편을 만나
얻은 건 속 빈 소라 껍데기뿐

세 자매 책값도 안 되는
월 생활 보장 급여 32만 원

아침부터
꼬르륵
꼬르륵 합창 소리만 들린다.

남편은
양 무릎에 천금 무게 타이어 동여매고
시장통을 기어 다니며
올린 수입이라야 겨우 팔천 원

비 오고 눈 오는 날이면
이마저 허탕

땔감 떨어지고
바닥 드러난 뒤주 더는 볼 수 없어
이 남자 저 사내 품에 안겨

고들빼기 씹는 봉자

새벽 4시에나
쓰린 속으로 집에 돌아가면
이불에 코 박고 잠든 세 자매 옆
천장만 멍하니 쳐다보는 남편에게

여보, 애들 중학교만 졸업하면
이젠 밤 노동 안 할게요.

천만다행

급한 용변을 보기 위해
평상시 혼자 잘 다니던 길로 걸음 재촉하며
두 계단 올라서는데
갑자기 불꽃이 머리에 튀어 발끝까지 아릿하다

순간 충격을 따라가는 왼손에
길고 깊게 패인 골에 따끈한 촉감이 전해 오고
나도 모르게 직원을 불러
가던 차 잡아타고 정형외과로 가자고 외쳤다

싹뚝싹뚝 머리카락이 잘려 나가고
터진 머리 꿰매느라
바늘이 지날 때마다 따끔거리는 통증
벌어진 간극 세 바늘로 좁혀 놓으니
그 자리에 바로 하얀 꽃송이 하나 얹혀졌다

방에 누워 미열과 두통에 부대끼며
명상에 잠겨 본다

조금만 더
조금만 더

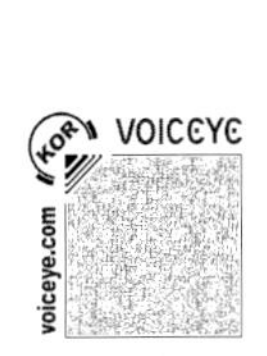

날카로운 문고리에 찧었더라면
아주 머얼리 갔을 텐데.

임대 아파트 관리비 체납

병들어 맘대로 몸 움직이지 못하는
독거 노인이나 장애인들에게
7평짜리 아파트 한 채 줘 놓고

매월 임대 관리비로
10만 5천 원 떼어 가면
난 어떻게 살라고

한 달에 주는 돈이라곤
생활급여 32만 원뿐이면서
남은 돈 21만 5천 원 가지고
뭘 하란 말인가

우리 같은 장애인은
먹고 입고 갖고 싶은 것
사지도 못하고
아파도 약도 사 먹을 수 없나

당신들도
21만 5천 원으로 한 달 살아 봐야
아려오는 우리 심정 알 것이다.

아파트 관리비 안 냈다고
매일 찾아와 단전 단수시켜 버리고
그것도 모자라
엄동설한에 길바닥에 내쫓으면
대체 어쩌란 말인가.

시내버스 정류장에서

객사 앞에서 전주대 가는 시내버스 타려고
옆에 서 있는 아저씨에게
전주대행 버스가 오면 좀 태워 주세요, 하니
예, 태워 드리죠, 한다.

한 시간을 기다려도
아무 소식 없어
아저씨, 아직도 전주대행 버스가 안 오나 봐요
묻고 또 물어도 옆에 아무도 없었다.

봄 타는 남자

온 산이 진달래꽃으로
붉게 물들고
길가엔 샛노란 개나리
웃음꽃 피우는데

화창한 봄날 오후
일자리 없어 몸 달은 송경태
꽃향기에 취해
골방에서 깨어날 줄 모른다.

막내아들 녀석 조심스레
아빠, 어디 아파? 걱정하고
참다못한 아내 급기야
속 터져 제명에 못 살겠다며
아무래도 송씨네 조상 묘를
잠자는 곳에 썼느냐, 되묻는다.

문전박대

시장기 느껴 흰 지팡이 든 채
식당 문 열고 들어가
아줌마 빈 자리 있어요?
없어요!

문 닫고 다시 길에 서니
방금 들어간 식당서 나온 손님이
빈 자리 많은데 왜 그냥 나왔느냐 묻는다

다시 들어가려다
다른 식당으로 무거운 발길을 돌리며
개밥 먹는 것보다 낫지 싶었다.

왜 자장면 집만 가요

시청에서 볼일 마치니 점심때
평소 낯 트고 지낸 공무원이
식사하러 가잔다.

아줌마, 자장면 두 그릇이요

그가 자장면을 비벼
내 앞에 놓아 주고
단무지 위치까지 알려 준다.

후루룩, 그릇을 비우고 나서
백반집도 불고기집도 많은데
왜, 나하고 식사할 때는
항상 자장면 집만 오느냐 물었더니
으응, 자네 생각해서.

공무원인 그는 시각장애인도
여러 가지 반찬을 잘 집을 수 있다는
생각 자체를 하지 않는다.

소통의 부재

흰 지팡이 짚고
경포대 백사장 산책하다 그만
방향 감각을 잃었다

때마침 지나가는 피서객에게
설악산장 가는 방향이 어디요?
저쪽으로 쭈우욱 가세요
저쪽이 어딘가요?

그 사람이 다시 큰 소리로
저기요 저기!

소금 세례 1

이른 아침 출근길
아내가 택시를 잡아 줬다

저, 눈이 안 보이는 사람인데요
안골사거리까지 부탁합니다.

말이 끝나기 무섭게 갑자기
아저씨, 내리세요. 빨리요
에이, 재수없어.
택시 기사가 가래침을 탁 뱉는다.

소금 세례 2

날밤 꼬박 샌 시각장애인 4명이서
해장국집 문을 열고 들어서니
주인 아줌마가 소리친다
해장국 안 팔아요
다른 집으로 가 봐요
문 열고 나오자마자
꼬시래 꼬시래하는 소리와 함께
굵은 소금이 얼굴을 때린다.

어디까지 가세요

몸살 치료 마치고
아내가 약 타 올 때까지
약국 소파에 앉아 기다렸다

인기척 소리와 함께
아내가 자주 사용하는 화장품 냄새가
코끝을 자극하여 본능적으로 일어나
왼쪽 팔꿈치를 잡고 따라나섰다

얼마를 걸었을까
갑자기 걸음을 멈추더니
아저씨, 어디까지 가세요.

푸대접

비 오는 날
전북시각장애인도서관에서 업무 마치고
집으로 돌아가는 길
안내견과 함께 택시를 탔다
아저씨, 눈 안 보이세요?
예.

갑자기 택시 기사 정색하며
비 오는데 뭣 하러 싸돌아다녀
집구석에 가만히 처박혀 있지.

미주 한인 장로집에 초대받던 날

99. 06. 21.
미국 뉴저지주 필라에 거주하는
한인 장로교회 김진홍 장로집에
저녁 식사를 초대 받아
그 집 부부와 식탁에 빙 둘러앉았다

여보, 다 큰 사람 어떻게 밥을 떠먹여 줘요?

몹시 걱정스럽게 말하는 사모님 생각해서
난 얼른 젓가락을 들고서
시계 방향 순서대로 반찬 이름과 위치만 알려 달라했더니만

호호, 난 괜히 사흘 동안이나 걱정했네.
사모님 입가에 웃음꽃이 폈다.

여성장애인 성폭행

지적 수준이 좀 낮다고
42세 되도록 시집도 못 가고
오빠 집에서 잔심부름해 주며
생명부지하고 있는 가엾은 여자

29살 먹은 조카가
잠자는 고모를 강간해 버리고
다음날은 60먹은 삼촌이
낮잠 자는 조카를 강제로 옷 벗기고

그 다음날은 동네 홀아비가
몰래 들어와 입 틀어막고 늑대짓 해버렸다
세상이 아무리 요지경 속이라지만
여자인 조카를 고모를 이웃을
성추행하다니

대한민국이 법치국가 맞나.
대한민국이 복지국가 맞나.

여성장애인 야학

일주일에 2시간씩
가, 나, 다 배우는 재미에 흠뻑 빠져
기다려지는 수업 시간

오늘은 힘센 자원봉사자가 없어
3층 생활공간에서 먼산만 바라보는
여성장애인.

힘없는 할머니도
꼬맹이도 혼자서 그 집에 잘도 오가는데

왜, 자신은 힘센 사람이 업고 다니지 않으면
꼼짝 못 하고 야학 수업도 결석해야 하냐며
그녀가 묻는다.

인도 위에 파묻힌 지뢰들

흰 지팡이 짚고
룰루랄라 콧노래 부르며 가는데
돌기둥이 내 무릎에 충돌하여
순간, 별이 번쩍이고 하늘이 노래진다

뇌 속까지 아리고 저려
쩍 벌어진 입 더 크게 벌어지고
끈적끈적한 선혈이
양말 속으로 따습게 기어들어간다

차량 진입 억제용 돌 말뚝이
지뢰로 돌변하여 시각장애인 잡는다.
세상을 향한 유일한 통로마저
무참히 짓밟아 버린 너의 정체는 뭐냐.

휠체어 타고
삼천공원 산책길 나설 때도
돌 말뚝 세 개가 떡 버티고 서서
길을 열지 않고 겨우 70cm 간극에
아기가 탄 유모차도 되돌아가는

돌 말뚝은 대체 누구를 위한 말뚝인가.

혼자는 살 수 없다

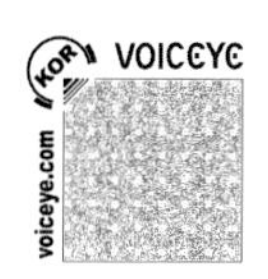

아내와 막내아들이
성경학교 학생들과 성지 순례를 떠나
나 혼자 집에 남게 되었다

끼니때가 되어
아내가 준비해 놓고 간 곰국을
가스렌지 위에 올려놓고 데웠다
간이 싱거워 소금을 찾았다
찬장 속에 진열된 커피 잔 두 개가
싱크대 위로 떨어져 박살이 났다
냉장고를 열고 묵은지를 찾았다
참기름 병이 바닥에 떨어져 깨졌다
식은 밥을 무염곰국에 말아 먹었다
목구멍으로 잘 넘어가질 않았다
괜히 눈물이 나온다.

산다는 게 참

불알친구들과 간만에 만나
젓가락 두드리니
인생고에 넋두리 타령이다

선태는
큰딸 스포츠 댄싱 선수 키우려
매달 서울로 200만 원씩 보내고

종섭이는
초등학생인 두 남매 내신 성적 높이려고
매달 150만 원짜리 족집게 과외 시키고

태석이는
고등학교 3학년인 큰놈 수학 성적 높이려고
매달 40만 원짜리 개인교습 시키고

강칠이도
두 놈 과외비로 매달 100만 원씩 나간단다.

난, 돈 없어
개인과외는커녕 흔한 학원도 못 보내

두 아들 녀석만 생각하면 가슴이 미어진다

과외비 과다 지출이 부의 척도가 된 나라
참으로 이상한 나라
사교육 없는 나라는 언제나 도래할까.

맥주잔이 소주잔으로 변하고
소주잔은 막걸리잔으로 변했다
서민의 술잔마저 없어지는 날은
민초들이 일제히 봉기하는 날이란 걸
교육 행정기관은 알아야 한다.

배구 연습장에서

전북 지역 기초의원 친선체육대회 준비 차
전주시 의원들이 신일중 강당에 모여 배구 연습을 했다

초선에서 다선의원 모두 편을 갈라
숨은 기량 발휘하는 공 튀는 소리 경쾌하다못해
자장가로 들려오는데 누가 묻는다

송 의원, 시각장애인이 할 수 있는 구기 종목은 뭐가 있을까?
예, 의원님이 지금 할 수 있는 종목은 모두 할 수 있습니다.
응, 무슨 소리야?

탁구공
배구공
축구공
농구공 속에다 방울 집어넣고 하면 됩니다.

아시안게임 성화 봉송하던 날.

산행 안내

아내와 함께
화산공원을 올랐다

오른손으로
아내의 왼쪽 팔꿈치를 잡고
경사진 길을 오르는데

아내는 팔꿈치가 아프다며
살살 잡으란다

순간 혈압이 올랐다
산에 오르고 내려가다 보면
꽉 잡을 수도 있건만

난 아무 말 없이
북받쳐오는 화를 꾹 참았다
조난 사고 안 당하려면.

싫은 사람

만날 때마다
내가 누군지 알아맞혀 봐요? 하는 사람

열심히 이야기하는데
아무 말 없이 자리를 비우는 사람

함께 여행할 때
한마디도 하지 않고 침묵하는 사람

모임 장소에서
아는 체도 안 하고 가 버리는 사람

음성이 생명인 시각장애인에게
그때 그때 상황을 제대로
설명해 주지 않는 사람들이 싫다.

정말 나쁜 사람들

앞 못 본다고
택시 요금 과다 징수한 택시 기사

은행 심부름 시키니
통장에서 돈 빼내어 도망간 직원

안내견을 보신탕거리로 팔라고
찾아와 헛소리하는 개장수

2,000만 원짜리 차용증을
500만 원짜리라고 사채업자와 공모하여
보증을 서 달라고 하는 친구

사지 멀쩡한 여자가
왜 시각장애인과 결혼하여 고생하느냐며
아내에게 핀잔 주는 공무원

시각장애인 등반하는 날

모두가 들뜬 아침
몇 년, 몇십 년 만에 소풍인가요

비가 내립니다
그 비를 맞고 서 있습니다
그토록 설레던 등반을 하지 못해
시각장애인들이 울고 있습니다.

폭우가 쏟아집니다
그 폭우를 맞고 있습니다
자원봉사자들이 모두 가버렸습니다.
자리를 뜰 줄 모르는 시각장애인
모두 폭우를 맞고 서 있습니다.

어떤 동창회

눈멀었다는 입소문 듣고
동창회에 나오라고 친구들이 전화해댔다

23년 만에 만난 친구들
어쩌다 실명했느냐보다
그동안 어떻게 살아왔느냐고 물었다

앞자리에 앉은 놈이
송경태 회비는 내가 내주겠다고 외치자
저 건너편에 앉아 있던 놈도
송경태에게 위로금을 전달하자고 제안했다

끼리끼리 앉아 술잔 돌리고
큰소리치는 사이
위로금 조성하겠다던 놈은 오간 데 없고

집까지 바래다 주겠다던 놈은
거나하게 취해 제 몸뚱이도 가누지 못한다

조용히 앉아 있던 친구가
택시를 잡아 주고 손에 지폐 몇 장 쥐어 준다

밤길 쌩쌩 달리는 택시 안에서
좀 전에 호기심이 동정심으로
동정심이 무관심으로 된 일을 회상해 본다.

다람쥐야

다람쥐야 다람쥐야 다가산에 다람쥐야
작전 중에 두 눈 잃고 절망에 빠진 다람쥐야

부은 손에 흰 지팡이 짚고
검은 안경 쓴 얼굴 전주천변 걸어갈 때
잃어버린 눈 절로 생각나

다람쥐야 다람쥐야 모악산에 다람쥐야
나 홀로 두고 어디 갔니
또닥 소리에 목이 멘다.

끝없는 도전의 길, 그게 인생이다.
난 사하라로 간다.

시각장애인의 애환

이리 쿵,

저리 쿵,

벽에 걸린 거울에도 쿵,

이마엔 선혈이 낭자하고

왼쪽 발등엔 깨진 유리 조각이 꽂혔다

아, 대체 언제까지 이렇게 살아야 하나.

태풍 나리

우산살이 꺾이고
발목까지 물이 찬다
괜히 집 나왔다.

다문화사회

결혼하려고
일자리 구해 기회의 땅을 밟은 이방인들
언어가 다르고 얼굴색이 달라도
정 주면 이웃인데
아직도 혈통 중심만 외쳐대는 사람들
우리 품에 감싸 안지 못해

한글 몰라 말 못하고
말귀 또한 제대로 알아듣지 못하는
그들 또한 장애인과 같은 존재다
인간 차별 더는 늘리지 말자
이 땅의 450만 장애인이면 된다.

카세트테이프에게

유행가 영어회화
구연동화까지 실컷 들려 주고도
버림받는 테이프들

오늘도
이 사람 저 사람 발에 채이다
책상 옆 구석에 처박힌 채

쇠붙이나 빈 병은
엿가락하고나 바꿀 수 있지만
다이옥신 생긴다고
청소부 아저씨도 쳐다보지 않는다.

서러워 마라
나라 잃고 뒷골목에서 주먹 불끈 쥐고
망국의 한 달랬던 동포가
어디 한둘이었더냐

우리 시각장애인도서관으로 오라
예쁜 옷 갈아 입고
설움에 복받쳐 시름하는 시각장애인에게
눈이고 친구이고 애인이고 스승이니.

꼬마 천사

택시에서 내려 혼자
더듬거리며 아파트 현관문을 찾았다

아무리 찾고 찾아도
있어야 할 곳에 현관문이 안 보여
뒷골이 당기고 심장 박동소리 커진다.

이리저리 헤매다 주차장에 세워 둔
자동차 범바에 부딪쳐 무릎이 깨지고
장미 가시에 찔린 손은 아리고
등줄기엔 식은땀이 줄줄 흐른다.

잃은 방향 감각을 되찾기 위해
있는 용 다 쓰는데
여섯 살짜리 꼬마가 다가와
어, 아저씨, 아저씨 집은 저긴데
내 손을 잡는데 어찌나 반갑던지
바로 코앞에 내 집을 두고서도
헤매는 등신 어디다 써먹을까.

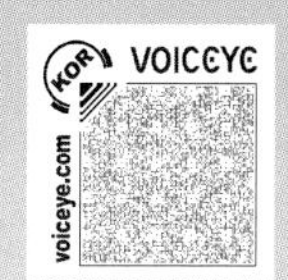

사하라를 걷는다.
아픔도 절망도 뜨거운 태양 아래 훌훌 벗어던지고.

분노

흰 지팡이 짚고 걷는데
뒤에서 자동차가 빵빵거린다.

기껏 옆으로 서서 비켜 주었더니
또 빵빵거리며 고약한 매연만
확 풍기고 가버린다

집에 도착하자 아내가
와이셔츠가 왜 이리 새카맣느냐
얼굴은 왜 그러느냐 묻는다.

그 자동차 번호판만 볼 수 있다면
치미는 분노 삭일 수 있을 텐데.

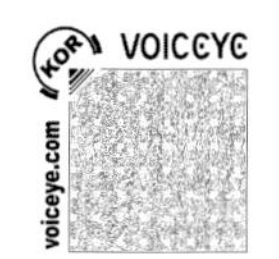

정치인 복지 • 장애인 교육지원법 제정하라 • 연대사 • 장애인 일자리 • 시내버스 정보화 구축 사업 • 인력 시장 출근하던 날 • 시각장애인 사회적 일자리 • 화날 때 • 해외연수 유감 • 기자 유감 • 피 같은 예산 • 예산 확보, 부서 이기주의 • 돈 남은 게 좋은 것이 아니다 • 예·결 특위장에서 • 찾아가는 장애인 도서관 유감 • 미운 사람 • 열린우리당 해체 • 서럽다 • 스트레스 • 슬프면 우세요 • 눈이 안 보여 감사할 때 • 인터넷열차 • 후회막급 • 어떤 무시 • 중증장애인 시설 부지 답사하던 날 • 부탁해요, 음성 엘리베이터 • 정치인 • 준의원 • 발언대 • 구두 찾기 • 일본 우에노 공원 • 동경 관음사에서 • 하루무치 작업장에서 • 삐삐보육원 • 무사시노 시립 도서관 방문

세상 속으로

정치인 복지

사회 복지 경력 20년이라지만
아직도 안개 복지다

아동 복지는 아동의 다양한 문제를 아동들이 스스로 해결할 수 있도록 도와줘 행복을 추구하게 하는 것. 청소년 복지는 청소년 문제를, 여성 복지는 여성의 문제를, 노인 복지는 노인의 문제를, 장애인 복지는 장애인의 문제를, 지역사회 복지는 지역사회의 다양한 문제를 지역사회 주민들이 스스로 해결할 수 있도록 도와줘 지역사회 공동체를 형성하게 하는 것.

정치인 복지는
정치인 스스로 똥통만 못 찾게 도와주는 것.

장애인 교육지원법 제정하라

고개 흔들린다고
수업 받을 권리 박탈당하고

휠체어 드나들 수 없다고
입학 거부당하고

칠판 글씨 못 본다고
학습권 침해당하고

소리 못 듣는다고
공부 안 시키면

우린 어디 가서 배우란 말인가.

뱃속에 똥만 가득 찬
위정자들은 왜 가르쳐
세 끼 밥만 꼬박꼬박 먹이면 되지.

끝내 주저앉지 않으리라.
이 거친 세상 속으로 걸어가리라.

연대사

이천칠 년 삼 월 이십 일 전주 객사 앞
이 땅의 장애인들이 모여 입을 모았다

대학 시절에 읽을 점자책이 없고
들을 녹음서가 없어서
시험공부 망친 일이 몇 번이더냐

대면 낭독 봉사자 도움으로
천신만고 끝에 석사 논문은 썼지만

왜?
점자서나 녹음서 없는 학교에 들어가
신경쇠약 걸려야 하는가.

우리도 비장애인들처럼
마음껏 책 읽을 수 있는 학교에서
공부하고 싶다고

화장실도 강의실도
마음 놓고 찾아다닐 수 있는
그런 학교에서 공부하고 싶다고.

장애인 일자리

한국의 장애인 취업률 38.2%

소리 못 듣는 친구들
세차나 빌딩 청소도 잘할 수 있는데
오란 곳 없다

눈 안 보이는 친구들
헬스 킬퍼나 상담원도 잘할 수 있는데
오란 곳 없다

고개 흔들리는 친구들
웹 디자이너나 극작가도 잘할 수 있는데
오란 곳 없다

손발이 성치 않은 친구들
택시 운전 전자제품 조립도 잘할 수 있는데
오란 곳 별로 없다

비장애인이여
말로만 장애인 복지 외치지 말고
제발 일자리 좀 주시오.

시내버스 정보화 구축 사업

전주 시민의
대중교통 이용 편익을 도모하기 위해
3년 동안 53억 원이나 쏟아 부었다.

하지만 861개소 시내버스 정류장 중
승강장 단말기가 설치된 곳은
136개소뿐이고
차 안 단말기가 설치된 시내버스는
22%인 74대에 불과하다.

그나마 승강장 단말기는
말도 안 해주고 문자도 작아서
시각장애인도 낮은 시력의 어르신도
이용할 수가 없는 바보상자다
차 안에 단말기는 74대밖에 설치 안 돼
청각장애인은 어디서 내리란 말인가

여보세요, 아저씨들!
국민의 세금으로 이런 큰 일 할 때는
눈 안 보이고 소리 못 듣는 사람도
공청회에 나오라 했으면
쓸데없는 돈은 안 들어갈 것 아니겠어.

인력 시장 출근하던 날

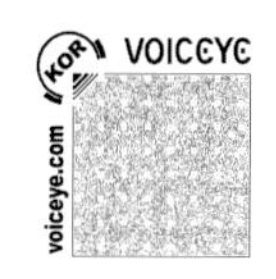

전주교대에 합격한 큰아들 녀석
아르바이트 하겠다고 새벽 5시에 일어나
남부시장 인력센터로 나갔다

오전 9시까지 기다려도
꽝이라고 생활정보지 손에 들고
어깨 축 처진 채 들어오더니

다음날 인력 시장에 또 나간 아들
익산 시내 도로 공사장에서
일주일간 막노동 시작했다고 말한다.

눈 내리는 이른 새벽
오리털 파카 걸치고 일 나가는 녀석
한편으론 대견하고
한편으론 마음이 아리었는데

그새 35만 원 벌었다고
할아버지 할머니 빨간 내의 한 벌씩
사들고 온 아들 녀석을 보며
아내는 코를 훌쩍이고
나는 한동안 거실 천장만 쳐다봤다.

시각장애인 사회적 일자리

보건 안마사에게 공익형 일자리로
노인 병원 어르신 위한 건강도우미 파견 적격이고

의료 안마사에게 자립형 일자리로
공공기관 근무자를 위한 헬스 킬퍼직이 적격인데

국회의사당에 안마원 설치하여
국사 업무에 지친 국회의원 건강 촉진 사업 시도하자

법 공장에 룸싸롱도 안마시술소도
성인 오락실도 설치하라며 여론이 마구 때린다.

시각장애인이 퇴폐 영업한 게 아닌데
눈 먼 사람 돈 없고 힘없다고 언제까지 당해야 하나.

세상이란, 인생이란 다 그런 거다.
참고 일어나 나의 길을 가야 한다.

화날 때

제241회 임시회 제3차 본회의장서
모 의원이 영상물 틀어 놓고
시정 질문할 때

07. 03. 19
전주시 보육심의위원회 회의 때
점역자료도 준비 안 해놓고 영업정지 심의할 때

백제로를 흰 지팡이 짚고 걸어가다가
인도에 불법 주차한 봉고승합차 열린 뒷문에
왼쪽 눈썹을 다쳐 6바늘 꿰맬 때

안내견 탑승은 절대 안 된다고
택시들 승차 거부하여
비 쫄딱 맞고 집까지 걸어올 때

친구가 해수욕장서
야! 비키니 입은 저 여자 몸매 죽여 준다.
말하며 너스레 떨 때.

해외연수 유감

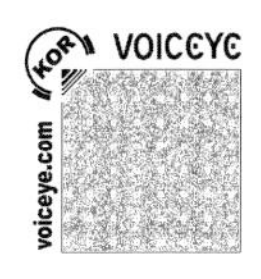

전주시 의원 34명이 두 파트로 나눠
해외연수 가기로 결정
1진 17명은 지난해 이미 유럽에 다녀왔고
2진 17명은 금년 4월 21일 캐나다로
일정을 잡았다는 통보를 받았다

해외연수에 참여하기 위해
20일에 있을 장애인 행사 일정을 앞당겼는데
해외연수 4월 17일에 떠나게 되었다고
나와는 한마디 상의 없이
장애인 행사 일정 전날에야 통보한다.

법을 제·개정하는 의원들이
한 번 결정한 약속 잘 준수해야 하고
일정 조율 필요시 구성원 의견 수렴을 거쳐
민주적 절차에 따라 결정해야 함에도
결정된 사항을 밥 먹듯 변경하면
시민들의 신뢰는 저절로 무너진다는 걸
누구보다 정치인들이 더 잘 알 텐데.

기자 유감

정치인은 꿈을 먹고 산다
그 꿈은 낯내기다

비리 보육 시설 기사가 지방 신문에 대문짝만하게 실렸다
제보자의 이름도 없이

인도 위의 볼라드 전면 재설치 기사가 대서특필됐다
5분 발언자 명기도 없이

장애인 주거안정대책 세워라 내용이 지방 신문 사설로 나왔다
원고 제공자 이름도 없이

몇 날 밤 지새며 피와 땀을 쥐어짜 작성한 원고들이
'전주시에 따르면……'으로 둔갑한다.

어디 그뿐인가
자료 출처마저 보쌈해 간 기자는 누가 혼내 줘야 하는가.

피 같은 예산

—2006년도 예 · 결산특위에서

국가 예산은 우리 몸의 피와 같다
전신에 골고루 보급되면
왕성한 활동을 할 수 있지만
그렇지 않으면 신체의 일부가 마비되고
이상이 생겨 생활에 어려움을 준다.
전 국민이 행복한 삶은
피 같은 예산이 제대로 도는 것이다.

예산 확보, 부서 이기주의
—2006년도 예·결산특위에서

락 카페형.
사업의 시급성 효율성 중요성도 없는데
예산만 확보해 놓고 불용 처리하는 형

안하무인형.
사업의 계획성 타당성 효과성도 없는데
예산만 확보해 놓고 명시 이월시키는 형

싹쓸이형
사업의 형평성 분배성 발전성도 없는데
예산을 저인망식으로 확보해 놓고
사고 이월시키는 형

스마일형.
사업의 선심성 낭비성 전시성을 위해
예산을 확보해 놓고 잉여시키는 형

봐주기형.
사업의 지속성 이기성 보편성도 없이
예산을 세워 놓고 결손 처리하는 형.

돈 남은 게 좋은 것이 아니다

—06 년도 예 · 결산특위에서

어르신네
즐겁고 편안한 여생 보내라고
50억 들여 노인복지관 만들었다

취향정 산책 후
점심 끼니 해결하러
통로 좁고 가파른 구름다리 타고
무료급식센터 찾는데
배고픔보다
웬 무릎 관절통이 그리 심한지

9천만 원 남았다고 좋아할 게 아니라
넓고 완만한 구름다리 만들었으면
어르신들 밥맛이 참 좋았을 텐데.

예·결 특위장에서

—전주시 06년도 예·결산특별위원회

회의장 입구 초조와 긴장 속에
서류 뭉치 한 아름씩 안고
대기 중인 공무원들 북새통이다

회의장에 들어서니
글자가 깨알처럼 작은 자료를
어떻게 읽느냐고 투덜대는 의원
방대한 자료 언제 다 읽느냐
요약 자료 가져오라고 큰소리치는 의원
회의장 산만하다고
실무 과장급 이하 퇴청시키자는 의원

개회 알리는 방망이 두들기니
자료 검토 마칠 때까지 정회를 요청한 의원과
일정대로 진행할 것을 주장하는 의원 간
의견대립 심각하다

한 시간 정회를 선포한 후
예·결특위 소속 11명 위원 전원으로부터
의견 청취 후 제반 자료는 최소한 하루 전에
제공될 수 있도록 제안하기로

마지막 날, 제안서에는
시각장애인 의원을 위해 점자 자료도 필히 제공할 것
이라고 명기했다.

찾아가는 장애인 도서관 유감

거동 불편해 도서관 접근이 어려운
재가 장애인 찾아가
책 빌려 주는 프로그램 시작했더니

돈 쬐끔 준다고
행정기관이 사사건건 간섭이다

현장 목소리는 듣지도 않고
탁상이론만 제시하는 공무원에게
알아서 다 하라고 사업 반납했다

철밥통의 굳게 닫혔던 머리가
그때야 조금 열렸지만
그 바람에 힘없는 민초들
두 달이나 굶어야 했다.

포기하면 안 돼!
쓰러지면 안 돼!

미운 사람

5·31 지방선거 때
꼭 내 선거운동 해준다고 약속해 놓고
상대방 후보 캠프에서 활동한 사람

의원 해외연수 때
도우미가 납부한 여행 경비
결산해 주겠다고 해놓고
아직까지 결산해 주지 않는 의원

전북장애인신문 100호 기념행사 때
행사 비용 전액 후원해 준다고 해놓고
한 푼도 후원하지 않는 사업가
방송 촬영한다고 사전에 인터뷰해 놓고
일정도 안 잡아 준 방송작가

믿음과 신뢰를 저버리는 사람들.

열린우리당 해체

낡은 정치 부패 정치 청산하고
깨끗한 정치 실현을 위해
창당한 열린우리당

개혁도 민생정치도
리더십 부족으로 실패하여
온 국민이 등 돌리자
더 이상 버티지 못하고
3년 9개월 만에 문을 닫았다

100년 정당
미래와 평화 정당은
구호로만 되는 게 아니었다.

서럽다

시정 질문 끝나자
모두 식당으로 가는 의원들
같이 가자는 사람 아무도 없다
홀로 의사당에 남아
배 쫄쫄 굶어야 했다.

스트레스

안건 심의 자료 점자물로 제공키로 했는데
또 활자 인쇄물이 책상 위에 놓여 있을 때

같이 식사하고선 말없이 가 버린 사람 때문에
오가지도 못하고 물 주전자만 비우고 있을 때

요즘 사회면에 이슈 되는 여자의 누드사진이
신문에 실렸다고 사람들이 입을 모을 때

보지 못하는 것들을 안타까워하는 나
눈을 잃고도 아직 마음을 다 비우지 못해서.

슬프면 우세요

슬프면 우세요
울고 나면 마음이 시원해지니까요

점자물 회의 자료가 없어서
안건 심의에 어려움이 많아도
공무원 나무라지 말고 실컷 우세요

본회의 끝나고
식당 안내해 줄 의원 없다고
의원님 탓 말고 실컷 우세요

눈이 안 되어 준다고
세상 사람 원망 말고 사랑으로 용서하고
두꺼운 이불 뒤집어쓰고 실컷 우세요

울고 나면 마음이 한결 시원해지니까.

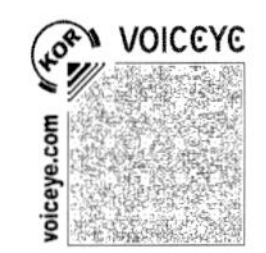

난 울지 않는다.
기필코 저 사막을 가로질러 가리라.

눈이 안 보여 감사할 때

제246회 임시회 제3차 본회의장
텅텅 비었다고 언론이 드세게 꼬집었다

눈도장 찍으러 행사장 간 의원들
내 지역구와 무관한 시정 질문 청취 기피 의원들
이래저래 핑계로 70%가 비었다

난 그것도 모르고 자리를 지켰다
허리 통증이 와도 소변까지 참으며.

인터넷열차

앞을 보지 못하고
거동이 불편해도
타인 도움 없이 전세계 누빌 수 있는
유일한 교통수단 인터넷열차

문자는 음성으로 읽어 주고
마우스 대신 키보드의 탭 키나 방향키로 운전하며
즐길 수 있는 인터넷여행

세월 갈수록 몸만 화려하게 치장하여
장애인 승객들로부터 외면당하는 인터넷열차
정작 누구를 위한 열차인가.

후회막급

고비 사막 마라톤으로 월계관을 쓴 철인들
주점에서 양주 두 병 앞에 놓고
저마다 늘어놓는 무용담에
빈 양주병 늘어가는 줄도 모르고 얼싸 좋아
분 냄새 풀풀 풍기는 여자가
양주 8병 들어왔다고 귓가에 속삭이는 순간
머리통이 빠개질 듯 온몸에 통증이 퍼졌다
한 병에 30만원 곱하기 8병이면 얼마인가
내 머릿속에는 2병만 각인되었는데
술집 주인 여자가 어느새 살금살금
말도 없이 6병이나 들여왔을까
세 시간 만에 한 달 월급 공중으로 날아가
어디 하소연 한마디 못하고 집에 들어와
그 괘씸한 여자를 탓하며 속병 앓는다.
앞 못 보는 내게 양주병 계속 들어간다고
한마디만 해줬어도 그렇게 무리하지 않았거늘
아, 차라리 직원들에게 보너스로 줬더라면
지금쯤 도서관 문이 활짝 열려 있을 텐데.

어떤 무시

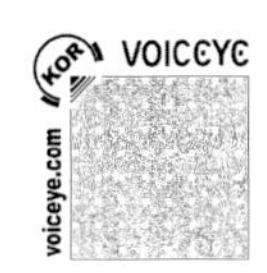

시의원들 한가위 명절이라고
불우시설 위문하는데

내가 깜깜이라고 말도 안 붙여 주고
지들끼리만 다닌다.

환경미화원 체험한다고
상의 한마디 없이
송경태 의원만 제외하고 다 모이란다.

길 걷다 구정물 세례 받는 서러움도
눈사태 속에 갇혀 생사를 넘나드는 고통도
다 참을 수 있었는데

간판 글씨 못 본다고
한마디 상의도 없이 배제시킨 처사는
도저히 참을 수 없다.

당신네들이
사회복지위원회 소속 위원이 맞는가?

중증장애인 시설 부지 답사하던 날

도랑 건너뛰고
억새 풀밭 뚫고 닿은 곳
원당동 보존녹지 700평

쾌적한 지형인지
심안의 눈 부릅뜨고 봐도
희뿌연 세상이다

손바닥 들이밀며
부지 생김새며 주변 지형 설명해 달라
아내에게 말하니
이곳은 어쩌고 저쪽은 어쩐데
말로 다 설명하기 곤란하다
한숨만 내쉰다.

갑자기
왼쪽 가슴에 통증이 오고
뒷골이 당긴다 싶더니
맑은 하늘에 소나기 퍼붓는다.

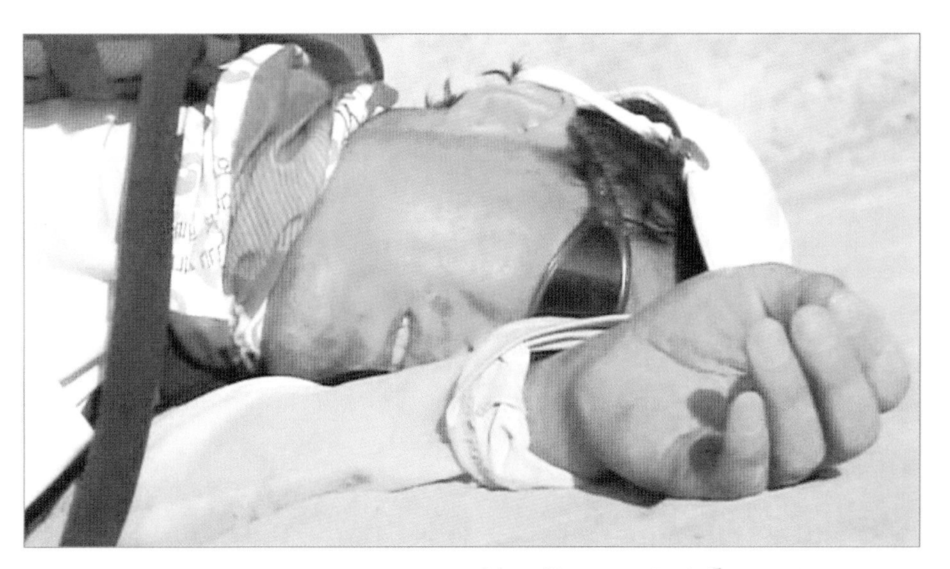

모래 바람이 달려와 나를 흔들어 깨운다.
일어나, 어서 일어나야지.
아직 길은 먼데, 어쩔려구. 어서 일어나.

부탁해요, 음성 엘리베이터

63빌딩에서 43층을 올라가기 위해
엘리베이터를 탄다.

솨르르 탁, 문 닫힌 엘리베이터 안에
나 혼자다

맨 밑에서부터 하나하나 세어 가며
43번째 버튼을 눌렀더니
층층마다 엘리베이터가 정차한다.

아차, 터치식 버튼이라
누르지 않아도 손만 갖다 대면
버튼에 불이 켜진단다.

어느새 맨 꼭대기 층이다
도중에 많은 사람들이 타고 내렸지만
바쁜 사람들 붙잡고
43층 내려달라고 부탁할까 망설이다
그놈의 자존심 때문에 주저하고
1층부터 걸어서 올라가기로 했다

한 층 한 층 올라갈 때마다
손가락 꼽아 가면서 올라온 지 30분
숨은 차고 약속 시간도 이미 지났다

터치식 버튼이 아니고
점자 버튼과 음성 엘리베이터였다면
약속 잘 지킬 수가 있었는데.

정치인

사설 주차장 무료로 이용할 수 있도록 해달라
핏대 높여 윽박지르는 휠체어장애인에게
잘 타일러 설득시키고

다운증후군 아들 방과후 교실 운영비 지원해 달라
날마다 찾아오는 장애아 부모에게
그 소원 들어 줘야 하고

갈 곳 없는 시각장애 어르신 경노당 설립해 달라
책상 걷어차며 공포 분위기 조성하는 그들을
진정시키며 경노당 만들어 줘야 하는 것이 내 일이다

그래서 정치인은
속이 썩어도 분통 터져도 잘 참아야 하나 보다
그렇지 않으면 불한당 소리 듣기 십상이다.

준의원

5·31 지방선거 땐
선거운동으로 두 다리 퉁퉁 부어
고생 많이 했던 아내

의원 당선된 후엔
의회 출 · 퇴근과 행사장 방문
민원인 접촉할 때마다
눈과 발이 되어 준 아내

80차 객사 정담 있던 날
두어 시간 가부좌 틀고 마루에 앉은 탓에
허리 통증 심해 고생 많던 아내

정례회 열리던 날
아내와 나란히 의사당 출근하는데
동료 의원이 다가와

아이구, 우리 준의원님 오시네!

발언대

의정활동의 꽃은
시정 질문과 5분 발언이기에
점자읽기 속도가 느린 나는
발언대에 서기 겁이 나기도 한다

선배 동료 의원이나
전주 시민이 듣기에 답답할 것 같아
발언문 작성하는 것보다
발언문 외우는 고통이
손톱으로 의사당 방음벽 뚫기보다 힘들다

발언문 외우는 것만이
전주 시민을 위하고
나 자신을 위하는 길이기에

오늘도 설악산 구룡폭포에서
생사를 무릅쓴 빙벽치기보다
더 어려운 발언문을 외우고 있다.

구두 찾기

임시회의 마치고
의원들과 우르르 호남식당으로
점심 식사 갔다가 나오는 길
아무리 찾아도 내 구두 그 자리에 없다
벗어 놓은 구두를 식당 아줌마가
나도 모른 사이에 신발장에 갖다 놓아서
스무 명 의원이 식당을 다 빠져나간 후에야
설렁하게 남은 구두 한 켤레
그제야 제 주인을 찾았다.

VOICEYE
KOR
voiceye.com

일본 우에노 공원

왕벚꽃 아롱아롱 날리고
갈까마귀 까악까악 조잘대는
우에노 공원 길바닥에
웬 인간 쓰레기들이 널브러져 있는가.

국민소득 3만 불
세계경제 3위인 나라 뒤안길에
된장국 한 국자로
하루를 연명하는 송충이떼를 보았다

따가운 태양이 그리운 송충이들
허연 허벅지는 땟국이 줄줄 흐르고
어떤 송충이는 낭만파인가
양쪽 귀에 이어폰 끼고 천하태평이다

사업 실패로 신용불량자라서
최소 생활 연금도 차압당하고
사회보장제도는 실종되어 버린 곳

일제 강점기의 설움 초월한 이방인이
따끈한 밥에 국 한 그릇
사 주고픈 마음 저절로 일어난다.

동경 관음사에서

33년 만에 한 번 세상 문 열리는 날
부처님은 웃었다

억겁 세월 심해서 잠들 때
어부 형제 어망자락 연이 되어 광명왕생

만물의 영장 인간사
티격태격해 봤자 평생 3번 볼거나

하루무치 작업장에서

—일본 동경 장애인공동작업장

마음 쓰리고
오갈 데 없는 사람끼리
살 붙이고 웃음꽃 활짝 피울 수 있는 곳

냉대와 멸시로
가슴이 시퍼렇게 멍든 사람끼리
옹기종기 모여 앉아
뜰 앞 꽃향기 맡으며 사는 곳

말 못 하고 일자리 없는 사람끼리
함께 어울려 인형이랑 수세미 만들어
스스로 살아갈 수 있는 천사의 나라.

빼빼보육원
—일본 동경

아래층 150평은 흙 밟고 채소 가꾸며
아토피 예방 식단으로 크는 천사들의 낙원
위층은 뜻 맞는 자녀들이 건립한 치매 데이 센터
위아래층은 서로 소통하는 사랑의 하모니
치매 할머니와 내 자녀가
자연스럽게 함께 어울려 즐거운 놀이방.

무사시노 시립 도서관 방문
—일본 동경시

도서관 정문 앞에 떡 버티고 서 있는
아름드리 느티나무 예사롭지 않다

지역 주민이 중심이 되어 운영하는
열린 도서관이라고
입에 침이 마르게 자랑하는 도서관장
바쁜 일상생활 속에 소홀히 다뤘던
시사 · 교양 정보 제공은
이 달의 이슈 코너가 해결해 주고

장난감 · 아동교재 접근 부재로 소홀히 다뤘던
미래의 꿈나무들의 창의성과 상상력을
싱싱 꿈동산 코너가 해결해 주고

점자서나 녹음서가 없어
정보의 세계에서 이방인으로 남은
시각장애인의 문화 공유권은
대면 낭독 봉사 코너에서 해결해 주고 있다

남녀노소 장애인 · 비장애인 할 것 없이
가고 싶을 때 한달음에 달려가
마음의 양식 쌓을 수 있는 행복도서관.

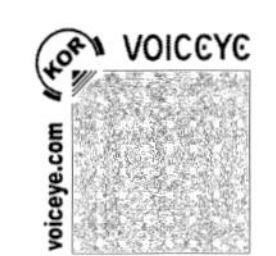

봄바람에 취해서 • 방송 카메라 • 비에 젖은 양말 • 600km 완주 • 달리는 쾌감 • 빅듄 • 오아시스 • 피라미드 • 모악산 등반 • 용돈이 녹용으로 둔갑 • 고비 사막 가는 길 • 참 봉사 • 고비 사막의 홍시 • 고비 사막 롱데이 • 고비의 사계 • 지옥의 문 • 중국 고비 사막 마라톤 완주 후 • 촌장집에서 민박 • 찬미랑 한라산 등반 • 지리산 동계 종주 • 삶이란 • 봄여름가을겨울나기 • 네비게이션 • 재활 • 새로운 도전을 위하여 • 도전을 위한 몸 만들기 • 신발 끈을 바짝 조이자 • 일어나라

도전

봄바람에 취해서

숨 막히는 도심 속을 지나
달리는 차량 매연을 피해 들녘을 달린다

코끝에 전해오는 애틋한 풀 향내
가슴살 속으로 파고 들어온 연초록 바람이
등줄기의 땀을 시원하게 날려 준다

귓불도 이마에 영근 땀방울도
목 주위 이물감도 모두 가져가더니
내 갈 길 더욱 상쾌하게 열어 주며
발걸음 걸음 온 산을 딛고 달리게 한다.

방송 카메라

동두천에서 서울을 거쳐 울산까지
달려오는 동안
TV방송 카메라만 나타나면
왜 그리 힘이 솟는지

피골이 상접한 패잔병 주자가
정열을 가다듬고
활력 넘친 보폭을 떼며 서로서로
선두주자 되려고 아귀다툼이다

지칠 대로 지친 패잔병들의 걸음을
용맹무사로 만드는 TV방송 카메라에

나, 여기 생생하게 뛰고 있다고
가족들에게 친구들에게 이웃에게
장애인들에게 힘을 주기 위해.

비에 젖은 양말

502km 달려온 천사 릴레이 주자
잠시 쉬어 가게 하고 싶었는지
구멍 뚫린 하늘에서 연신 물을 퍼붓는다

양말은 물먹은 하마가 된 지 이미 오래
점심 예약한 식당에서
두 손으로 최대한 쥐어짜 가볍게 하고
낮잠까지 한 시간째다

경주 안압지까지 17km 더 달려야 하는데
찜질방 문 열고 팔을 길게 펴 보았다
아직도 손등이 간지럽다
젖은 양말 신으려니 속이 편치 않다
맨발로 달리다간 온 발이 물집투성일 텐데

마른 양말 없어 할 수 없이 몸 안 다치려고
시리도록 차가운 양말을 다시 신어야 했다

인생길 가다 보면 어찌 젖은 양말뿐이랴
구멍 난 양말에 젖은 신발을 신기도 하고
그나마 맨발로 뛰어야 할 때도 부지기수인 걸.

600km 완주

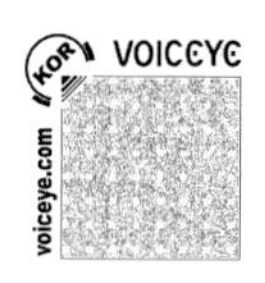

제27회 장애인 축제를 맞아 천사가 되어 달라고
황사 먼지 매캐한 트럭 매연 마시고
퍼붓는 폭우 온몸으로 맞으며 달려온 18일

탱탱 부은 발은 신발이 작아졌고
발목, 무릎 잘 펴지지 않아 안티프라민 펴 바르고
자꾸만 처지는 눈꺼풀 두 손으로 때리며
달리는 600km

3만 관중 운집한 울산 대공원 도착하던 날
하늘의 헬기가 나를 따르고
울산 시민 1004명이 나를 따르고
연도의 천사들이 나를 환호해 줘도 덤덤했는데

대공원 남문서
현대차 여천사가 목에 걸어 준 꽃목걸이가
나를 울게 했다.

길가엔 박수비가 한없이 쏟아지고
내 몸은 천사 파도에 이리저리 떠밀려
무대 섬에 도착 이 땅의 200만 장애인이

이 환희의 순간을 만끽해야 하는데
벌써부터 내 어깨는 더욱더 무거워졌다.

이 나라 장애인 복지 증진을 위한
신호탄을 또 하늘 높이 쏘아 올렸기에.

달리는 쾌감

2km 달리니
뱃속이 뒤틀리기 시작한다.

8km 달리니
숨통이 확 막혀 쓰러질 것 같다.

12k를 달리니
배에 힘 빠지고 양손은 자꾸 처진다

20km 달리니
양팔과 목이 굳어 쥐가 난다

32km 달리니
엄지와 새끼발가락이 짜르르 아프다

38km 달리니
무릎이 시큰하고 허벅지 장딴지에 열난다

골인 지점에 도착하고서야
맑아지는 머리 온 세상이 내 것만 같다.

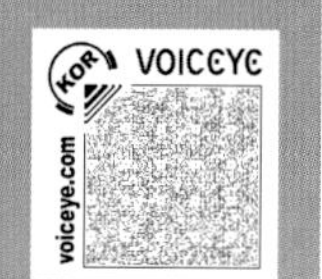

거센 바람길 눈 돌리면 어느새 모래 언덕 하나,
고글 속에 고이는 건 고통의 눈물 덩이뿐.

빅듄
—모래 언덕

7천 년 전 태고의 신비를 간직한
사하라 사막

거센 바람길 눈 돌리면
어느새 빅듄(모래 언덕) 하나

발목 빠져 오르는 길 지체할 땐
브레이크 파열된 눈썰매다

다시 기어올라
숨 고르려고 하늘 볼 땐
또 스키를 탄다.

빠진 발목 올릴 힘도 없어
고글 속에 고이는 건
고통의 눈물 덩이뿐.

오아시스

흑 사막 백 사막을 지나
5일 만에 오아시스를 만났다
종려나무 밑에서 솟는 샘물

모래 먼지 뒤집어쓴 몰골에
미국 여성 자원봉사자가 성수를 뿌려 준다

어이 시원해!
배리 굿, 배리 굿!

천사는 갑자기 내 반바지 밴드를 잡아당기고
성스런 곳에 또 성수를 선물한다.

온몸이 짜릿하고
오금이 저려 오는데

천사는 큰 소리로 킥킥 웃으며
오! 노 팬티.

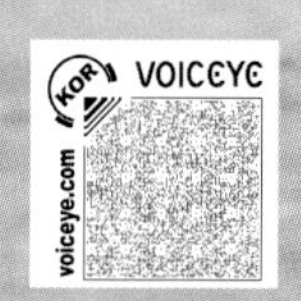

산다는 것, 그것은 바로
사막의 한가운데를 가로질러 모래바람에 맞서는 것

피라미드

지구촌 4대 불가사의 피라미드
날 뜨거워 아들과 허리 숙여
경사로 한참 내려갔다

도착한 1호 광장은
이승과 저승 갈림길 참 시원했다

또 허리 굽혀
경사로 한참 올라가니 큰 궁궐이다

온 6방 돌벽
신기한 문양 가득하고
궁 한가운데 놓인 빈 석관
두 손 모아 만져 보니

사후 세계가
이웃집인 걸 미처 몰랐다.

모래 바람 너머에서 사는 맛을 알게 되었다.
온 세상이 내 것만 같다.

모악산 등반

고비 사막 마라톤 연습하느라
모악산에 오르며 어머니 떠올린다
부족한 점 많은 자식일수록
지극 정성으로 보살피시던 마음

중인리에서 매봉을 거쳐
중계탑 오르는데 혹독한 시련이다

먼 길 떠나는 자식 행여 지칠까 봐
영양 보충 많이 하라고
단번에 오르지 못하게 하는 게
꼭 어머니 마음 같다.

어머니, 마음 더 비우고
자만 없이 겸손하게 다녀오겠습니다.

용돈이 녹용으로 둔갑

어버이날
살그머니 손에 용돈 좀 쥐어 드렸다

다음날 어머니 전화
얘야, 중국 고비 사막 마라톤 출전한다며?
녹용 한 제 달였으니 갖다 먹고 힘내라

통화 끝난 지 이미 오래되었는데
귀에는 아직도 수화기가 그대로 붙어 있다.

고비 사막 가는 길

전주에서 승합차로 4시간 달려 도착한 인천 국제공항
한국을 빛낼 16명의 불사조
태극기 앞세우고 당당한 모습으로 출국하여
서해 바다 건너 1시간 40분 만에 북경에 도착
천안문 지나 북경 왕부정 거리를 걷는데
온 도시가 뻬이징 올림픽 준비로 망치 소리 요란하다

다음날 이른 아침 비행기 탑승하여
4시간 만에 초원의 도시 건포도의 고장 우루무치에 도착
전세계에서 모여든 참가 선수들로 공항 대합실은 북새통이다
밤 10시에 출발할 비행기를 기다리는 동안
중국 삐자와 우동으로 저녁을 때우고
밤 12시, 카슈카르 공항에 도착한 선수들 많이 지쳐 있다.
새벽 3시까지 배낭 정리를 마쳤다.

다음날 오전 8시, 배낭 검사와 신체 검사 마치고
대기 중인 버스에 올라 장장 10시간을 달려
버스 문 활짝 여니 코와 입 속으로 흙먼지 들어와
재채기가 나오기 시작하는 이곳
손님맞이 범상치 않은 바로 고비 사막이란다.

새로운 시작이다.
내 삶의 투지를 일깨워 주는 고비 사막.

참 봉사

고비 사막 마라톤 대회 첫째 날.
한국팀 리더인 유지성님은
시각장애인과 38km의 아름다운 레이스를 펼쳐 보여
안내의 막연한 두려움을 불식시켜 줬다.

둘째 날.
어제 힘들게 안내하는 모습을 지켜 본
송기석님이 고생을 덜어 주기 위해
자청하여 36km를 동행해 줬다

셋째 날.
지옥의 데이라고 모두들 몸 사리고 있을 때
박미란님이 살신성인 정신을 발휘하여
사투 끝에 46km를 완주시켜 줬다

넷째 날.
도우미할 기회 엿보던
체력 건장한 강수동님이 솔선하여
지루한 코스 47.5km를 경주시켜 줬다

다섯째 날.

안내에 자신감 얻은 박미란님과 송기석님이
앞뒤로 서서 마라톤 대회 꽃인
롱데이 80km를 악전고투 끝에 완주시켜 줬다

여섯째 날
지옥의 데이와 롱데이를 목숨 걸고 리더한
박미란님과 송기석님에게 보은의 뜻으로
골인 테이프 끊을 수 있는 영광을 넘겨 주었다.

고비 사막의 홍시

그제는 38km
어제는 36km
오늘은 40km를 달렸다

물먹은 양말을 벗자
오른쪽 새끼발가락부터
왼쪽 새끼발가락까지 발갛게 익었다
어릴 적 할머니가
광주리에 담아 주시던 홍시 같다
물렁거리는 순서대로 터지고 찢겨졌다

안 터진 홍시는 더 무르지 말라고
옷핀으로 터뜨려 버렸다
껍질이 찢겨 나간 발을 투명 밴드로 땜질하니
온 발이 자전거 펑크 난 타이어 때운 것처럼
볼썽사나웠다.

내일은 47.5km
모레는 80km
그 다음날은 10km 더 달려야 하는데
더 이상 타이어에 펑크 나지 않기를 빌었다.

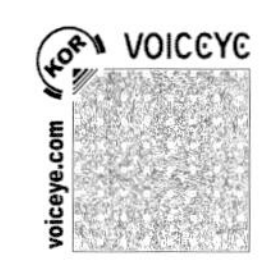

고비 사막 롱데이
—80km 달리다

10km. 새벽 7시.
둥 둥 둥 출발을 알리는 북소리가 힘차게 울렸다

500m 신나게 달렸는데
눈앞에 해발 1,000m 빅듄이 태산같이 버티고 서 있다

겨우 칠 부 능선 왔는데
벌써 날이 밝아 무더위가 기승을 부린다.

수염 긴 털보를 찾아가
왜 초장부터 빡세게 굴리느냐, 항변하고 싶은데
내려갈 기운조차 없다.

20km.
물먹은 황토 흙이 신발을 잡아당기고
가시선인장 갈 길 바쁜 두 다리를 자꾸만 멈추게 한다.

30km.
거센 모래 폭풍은 앞길을 가로막고
이글거리는 태양은 내 몸을 태워 버릴 기세고
사막의 복사열은 피를 말렸다

배낭에서 귀한 생명수를 꺼내
한 모금 들이켰다
아, 목구멍이 몹시도 따갑다

40km.
호박돌 자갈밭이 끝없이 펼쳐진다.
돌덩이를 밟을 때마다
족관절, 슬관절, 고관절에
심한 충격과 통증이 머리끝까지 전해 온다

그만 가고 싶다.
벌써 미국 영국 선수 10명이 주저앉았다
낙타가 와서 데려간다.

살구 열매 몇 개 따 먹었다
설탕 맛이다.
덕분에 10km 더 달릴 수 있었다.

50km. 또 모래사막이다
섭씨 50도 죽을 맛이다

더 이상 걸어갈 체력이 없다
귀중한 생명수 한 병 단숨에 들이켰다
속이 쓰렸다
피오줌이 나왔다

왜 고생을 사서 하냐고 물으면
난, 미쳤다고, 제정신이 아니라고 소리치고 싶었다.

60km.
또 지긋지긋한 빅듄이다
눈은 감기고 머리는 몽롱하고 다리는 휘청거리고 자꾸만 엉킨다.

CP 22에서 누워 버렸다
하늘은 별천지다
쏟아지는 별을 바라보며 영원히 잠들고 싶었다.

70km.
누가 흔들어 깨웠다.
저승사자인 줄 알았다.
미이라 되기 싫으면 빨리 일어나란다.

가야 한다
머리에 헤드 랜턴 밝히고 호박돌 자갈밭 길을 가야 한다.
왜 저승사자가 오지 않았을까?

80km.
얼굴이 따갑다 벌써 날이 밝았다
캠프가 보인다고 도우미가 괴성을 지른다.
남은 생명수 단숨에 들이켜고 혼신의 힘 다해 달렸다

또 하나의 벽을 넘었다
많은 사람이 박수를 보내 준다
나도 모르게 눈물이 나와 엉엉 울었다.
울보라고 소문이 났다.

고비의 사계

해발 4,000 고지에서는 눈보라 맞으며 달리고
해발 3,000 고지에서는 초원 위를 달리고
해발 2,500 고지에서는 호박돌 자갈밭 헤치며 달리고
해발 2,000 고지에서는 모래, 흙먼지 먹으며 달리고
다음은 내 마음 불타는 황혼에 노을 밟으며 달린다.

VOICEYE
voiceye.com
KOR
153
154
140

지옥의 문

—46km 제한 시간 18시간, 마운틴데이, 지옥의 데이

해발 1,800m. 만년설이 녹아 협곡으로 흐른다.
빙수가 발가락에 닿을 때마다 음산스런 짜릿한 전율로 변해 온몸을 거북 등으로 만든다.

해발 2,500m. 아무리 올라가도 그 자리다
벌써 숨통은 증기기관차처럼 열기를 내뿜고 신발은 물먹어 들어올릴 기력조차 없다
칼끝처럼 날카롭고, 송곳처럼 뾰족한 호박돌 자갈이 발길을 막는다.
모래 들어가지 말라고 발목에 찬 마로 된 게이트 끈도 사정없이 절단해 버리는 칼바위
종아리라고 봐주지 않았다

해발 2,700m. 더 이상 못 올라가겠다고 하니 동행자가
"경태씨 기권하면 나도 자동 기권 처리된다."고 울먹인다.
그때 갑자기 천둥치고 하늘 닫힌다.
이를 악물고 올라갔다
겨우 12km 지점이다

해발 3,000m. 갑자기 호흡이 깊어지고 숨소리가 커진다.
포기냐?

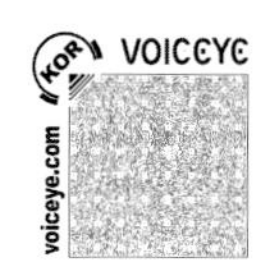

강행이냐?

해발 3,300m, 70도 급경사에 황톳길이다
눈발이 날린다.
황톳길은 눈이 녹아 진창길로 변했다
진흙 묻은 신발은 천근만근이다
1m 가는데 3분 걸린다
또 힘이 빠진다

해발 3,500m. 머리가 어지럽다
진흙탕 위에 누워 버렸다
참 행복하다
등줄기가 차갑다
온몸이 떨린다
일어나기 싫다.
살기 위해 일어나야 했다
체온 유지를 위해 배낭 속에서 방풍 자켓을 꺼내 입었다

해발 3,700m. 카보린을 물에 타 마셨다
속이 쓰리고 헛구역질이 나왔다
생각의 기능은 마비된 지 이미 오래다

진흙탕 길에서 미끄러지고, 넘어지고, 엎어지길 수십 번.

해발 3,875m, 눈발이 거세다
손이 시려 젖은 장갑을 벗었다
손가락이 굽어 잘 펴지질 않는다.
괜히 장갑을 벗었나 보다

정상이다
1평 남짓한 정상에서 도우미와 부둥켜안고
울먹이는 목소리로 외쳤다.
야 -호, 야---호,

눈보라가 치고, 바람이 거세게 불어도
나는 오르고 또 오른다.
나를 기다리는 내 삶의 절정을 위하여.

중국 고비 사막 마라톤 완주 후

07. 06. 17부터 일주일간
중국 카슈카르와 몽골 지역서 260km를 달렸다

양어깨는 식량과 침낭
생명수가 든 천금 같은 배낭이 메어 있고

머리와 얼굴은
따가운 해를 가리는 사하라 캡과 고글
버프가 목을 감고 있다

호박자갈밭과 모래 폭풍 황사 폭풍을 뚫고
내 몸 한발 한발 전진시키는
악마들의 레이스가
66시간 33분 22초로 막을 내렸다

지긋지긋한 고비여
다시 오고 싶지 않은 고비여
너는 내 몸 혹사시켜 놓고도
여전히 그 위엄과 자태를 뽐내고 있구나.

촌장집에서 민박

—중국 고비 사막 마라톤

코나 귀에 동물 뼈를 주렁주렁 매달고
작은 천 조각으로 가릴 곳만 가린 채
양손에 칼과 창을 든 험상궂은 모습으로
맞이할 줄 알았던 촌장님은 시골집 아저씨다

담도 없이 옹기종기 모여 있는 초가집 열 채
그 중 큰 토담집이 촌장댁

삐걱거리는 육중한 판자문 열고 들어서니
십여 명 거뜬하게 누울 수 있는 평상에
삭은 치즈 냄새 코를 찌른다.
7살 5살짜리 두 어린 소녀가 신기한 듯
이방인의 배낭이랑 선글라스를 만지작거리다가
브라운관 전축을 틀고 알아듣기 어려운 노래를 부르고
금방 딴 살구 열매와 자연산 양젖 요구르트 걸레빵으로
정성들여 대접하는 시골 인심은 국경도 없다

양몰이 간 촌장은 밤늦게 돌아온다 하고
평상에서 뛰놀던 두 소녀는 코 골며 곤한 잠을 자고
나는 머리맡에 놓인 케케묵은 양털 이불을 덮고
그 훈훈한 온기로 지친 심신을 풀었다

72년 만에 내린 폭우로 사막 위의 촌장집서 편한 잠 잤다

이른 아침 배낭 챙기다 말고
우리 선수 열 명은 누구랄 것도 없이
보물 같은 먹을거리 십시일반 각출하여 촌장께 건네니
껄껄 웃으며 걸레빵 한 소쿠리를 내민다.
언어는 달라도 나누는 정은 똑같아
육중한 판자문 열자 가랑비도 잘 가라 인사한다.

찬미랑 한라산 등반

한반도 바람막이 한라산 상판악서
안내견 찬미와 백록담을 향했다

흙 길 간데 없고 등산로는 온통
곰보 돌이라 찬미 패드 성치 않다

우중충한 하늘에선
변덕 심한 구름이 웃었다 울었다

쓰러진 고목에 비집고 앉아
허기 때울 때 흔들리는 지축
도시락은 물밥이 되어 버렸다.
더는 못 가겠다 한쪽에 처박히니
한기만 오삭오삭 동태 되기 싫어 다시
북북 기었더니 온몸은 땀투성이 범벅

내 손바닥 무릎은
이내 소나무 껍질이 되어 버렸고
찬미 발바닥은
송진처럼 끈끈한 진물이 흐를 때쯤

우리는 기어이 백록담에 섰다.

지리산 동계 종주

순백이 온 산 뒤덮은
노고단 제단을 출발하여
푹푹 무릎 빠지는 온 산
보물 찾듯 가르며

임걸령 벽소령 지나
한밤중에야 도착한
연하천 산장에서 온돌 그리워
양말 한 켤레 더 신었네.

삼두봉 지날 때 퍼먹은 백설
오장 뒤틀리며
등줄기엔 식은땀이 줄줄
세석산장서
깨진 무릎에 꽃잎 붙인 후
기고 미끄러지고 뒹굴다 보니
장터목산장이다

새해 새 아침 일출 맞으러
강풍 가르며
천왕봉 정상에 올라

막 떠오르는 해 바라보며
일성 하늘 뚫고 보내는 소원
나
가족
국가 복 대통하게 해달라고.

삶이란

—훈상이를 보내며

자살한 친구 떠나보내고

나라고 하여
왜 힘들고 고통스런 날들이 없었겠는가
장애의 몸으로 가장 밑바닥에서 부대끼며 살다 보면
때로는 포기하고 싶었고
나 자신을 버리고 싶었단 말일세

그러니 이것을 이겨내게 했던 힘
바로 스스로에 대한 사랑과 자부심이었다네
비록 빛은 볼 수 없지만 꿈을 가졌다는 것일세
어둡고, 험난하고, 고통스런 내 삶을
잇고 또 이어준 것이 바로 꿈이었다는 것
강을 거슬러 헤엄치는 자가
강물의 세기를 안다는 진리를 안고 살았단 말일세.

힘들고 고통스러워도
절대 포기하지 말라고, 그게 인생이라고
고비는 자꾸만 나를 부른다.

봄여름가을겨울나기

봄엔
겨우내 움츠렸던 몸 추슬러
노고단을 찾는다

여름엔
무더위에 지친 몸 식히려고
무주구천동 찾는다

가을엔
삭막한 마음 어루만지러
내장산을 찾는다

겨울엔
삶에 지친 몸 회복하러
설악산 구룡폭포 찾는다

봄이 되면
또다시 산을 찾는 이유.

네비게이션

참 신기하지
행선지 주소만 치면 데려다 주니
농아인은 2인치짜리 화면 보면 되고
시각장애인은 스피커에서 나오는 소리 들으면 되지

그런데
참 이상하지
중인리에서 모악산으로 올라가는데
아무도 말해 주는 사람이 없으니
그 바람에
나는 길을 잃고 헤매다
7시간 만에 구출됐지 뭐야.
나무숲에도 네비게이션이 있다면…….

재활

벌새는 1초에 80번 넘게 날갯짓하며
5센티 몸으로 하늘을 박차고

바닷물은 하루에 70만 번이나 뒤척이며
포효하는 파도 소리를 내고

나는 시도 때도 없이 장애물에 부딪치며
걷고 또 걸어 내일을 연다.

새로운 도전을 위하여

미국 대륙 도보 횡단을 위해
6개월 동안 몸 다듬었고

사하라 사막 250km 완주를 위해
5개월 동안 몸 가꾸었고

춘천 국제 마라톤 5km 완주를 위해
3개월 동안 몸 만들었다

이제
아타카마 사막 마라톤 250km 도전 위해
과음 포기 원단서 결심하고
단내 향기 7개월분만 보관해야지.

도전을 위한 몸 만들기

1999년 6월 찬미와 함께
미국 대륙 도보 횡단을 위해
화산공원을 하루 6회씩 왕복했고

2000년 8월 찬미와 함께
한라산 백록담 등정을 위해
모악산을 일주일에 한 번씩 올라갔고

2005년 9월
사하라 사막 마라톤 250km 완주 위해
전주천을 하루 2회씩 왕복했고

앞으로 도전할 소금산
아타카마 사막 마라톤 250km 출전을 위해
화산공원과 모악산과 전주천을
번갈아 다니며 매일 생땀 뻘뻘 흘린다.

신발 끈을 바짝 조이자

미국 대륙 도보로 횡단했다고
목포에서 임진각
부산에서 임진각까지
도보로 종단했다고 자만하지 말자

사하라 사막 250km 완주했다고
중국 고비 사막 250km 완주했다고
연습 게을리 하지 말자

6개월 후엔
세계에서 가장 건조한 소금사막인
칠레 아타카마 사막 250km에
도전해야 하니까.

그 다음엔 또
남극이 기다리고 있지 않은가
지금부터 다시
신발 끈을 바짝 조여 매자.

일어나라

봄, 모악산 연초록아
떠나는 님 붙잡지 못했다고 슬퍼하지 마라
님은 꽃비 흘리며 자꾸 자꾸만 뒤돌아볼 것이다

여름, 뱀사골 계곡아
님 데려갔다고 애석해 하지 마라
님은 새 세상에서 꽃밭 가꾸며 기다릴 것이다

가을, 내장산 단풍아
님의 가슴 시뻘겋게 불 지른 죄책감 갖지 마라
님은 온갖 세파에 시달려
새까맣게 타 들어간 속가슴 말끔히 태울 것이다

겨울, 설악산 대청봉아
님이 걸쳤던 옷 모두 벗겨 갔다고 속상해 하지 마라
님은 머리 풀고 세상 떠돌다가 당신 앞에 설 것이다

자, 일어나라
모든 근심 걱정 훌훌 털고 새로 시작이다.

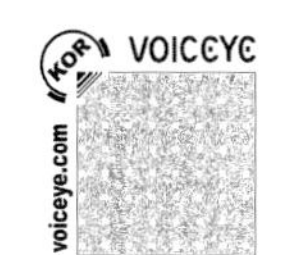

꽃샘추위 • 누워서 쓰는 글 • 행복이란 • 삼행시 • 서요 • 아내의 정성 • 기수가 장인 되던 날 • 화초 재배 • 무욕 • 말없는 약속 • 반주 한잔 • 딸 때문에 마음 아파하는 친구 • 내 방 가져 보는 게 소원 • 국무총리 표창장 수상 • 게으름 • 홍삼액 • 홍도에서 목포 오는 선상에서 • 광주 망월동 묘지 참배 • 쥐구멍 • 막내아들 녀석 마음 • 부부의 날 • 눈동자 문신 수술 • 거울 앞 • 나뭇잎 • 장애인과 장애우 • 마음을 비우면 • 고들빼기김치 • 간살스럽다 • 양심 불량 • 정성 • 영화 '화려한 휴가'를 보며 • 선운사 동백꽃 • 들꽃 • 감사하는 마음 • 부정(父情) • 희망 • 집안 청소하는 친구 • 푸진 막걸리 • 이혼 사유 • 국기에 대한 경례 • 깻잎 장아찌 • 재수가 좋다는 말에 • 삼 일만 눈을 뜰 수 있다면 • 얇은 지갑 • 살충제 • 어깨가 저릴 때 • 영아원 경식이 • 묵 먹기 • 문자 메시지 • 녹음기 애인 • 애인이 논다 • 시작(詩作) • 점자책의 수난 • 가을밤 • 옹달샘 갈 때마다 • 점자책 • 아들 방에 홀로 누워 • 희망의 싹

사는 게 희망이다

꽃샘추위

살랑살랑 남풍 불자
굳게 닫힌 파란 입술 발갛게 피어오른다.

서로 경쟁하며
온갖 자태 뽐내며 함박 웃던 꽃잎들
갑자기 몰아친 찬 서리에 놀라
파르르 떨고 있다

얼마나 아프면 입술이 다 파래서
이파리 볼마저 울고 있을까?

누워서 쓰는 글

캄캄한 밤 침대에 홀로 누워
무지점자단말기를 배 위에 올려놓았다

여섯 키를 여섯 손가락으로 누르니
점자가 튀어 오르고 음성 글자가 들리고
LCD 화면엔 예쁜 글씨가 보인다.

누워서는 연필로 글쓰기도 힘들고
컴퓨터는 더욱 어려운 일인데

내 컴퓨터는
비행기 안에서도
용변기에 앉아서도
산 속에서도
전기가 끊겨도
촛불이 없어도 배터리만 충전되면
내 마음 실어 보낼 수 있다

눈을 잃고 누워서 쓰는 글
감회가 새롭다.

행복이란

밤에 돌아갈 집이 있다는 것
실명했어도 무지점자단말기로 시를 쓸 수 있다는 것
외로울 때 흉허물 터놓을 친구가 있다는 것
아내의 손을 잡고 여행할 수 있다는 것
사막을 달릴 때 길라잡이가 있다는 것
힘들 때 술 한잔 마실 수 있는 친구가 있다는 것
막내 녀석의 잠자리에 전기장판 코드를 꽂아 줄 수 있는 것
객지에서 늦밤까지 공부하는 큰녀석에게 안부전화 먼저 해주는 것
어깨통 앓는 아내에게 30분 동안 안마해 줄 수 있는 것
아내가 핫팩 뜨끈뜨끈하게 해놓고 내 허리 찜질을 도와주는 것

또 해냈다. 지옥 같은 고비 사막 마라톤.
사는 게 희망이다.

삼행시

KBS 라디오
2005년 추석 특집 방송에 출연한 아내가
남편에게 바치는 삼행시로 대상 받았단다.

송.
송홧가루 휘날리는 백두산 천지에 올라서서

경.
경건한 마음으로 하늘 바라보며

태.
태극기 흔들어 남북통일 기원하는 내 남편
송경태.

고마운 마음에 아내의 이름 석 자 떠올려
삼행시 지어 보지만 쉽지 않다.

서요

이른 아침 전주야구장 정문 앞에서
서울행 전세 버스 출발하여

눈보라 칼바람 맞으며
모든 일정 마치고 돌아오는 밤 8시

아침에 탑승했던 곳
거의 도착할 무렵 일행이 애원조로
기사님, 평화동사거리 서요?

안, 서, 요,
비아그라 먹어야 서요!
하하하.

아내의 정성

야참 챙기러
뒷발 들고 조용조용 주방으로 갔다

밥통을 여니
뚜껑 닫힌 밥공기 밑에
자박자박 괴어 있는 따뜻한 물

식탁 위엔
구운 김 4장 옆에 참게장이 있다

딱딱한 밥 주지 않으려고
밥통에 속정 깊은 샘을 파놓고
바삭바삭 잘 구운 김까지

코를 골며 곤한 잠에 빠진
천사 같은 아내 볼에
고맙고 감사한 정 듬뿍 쏟았네.

기수가 장인 되던 날

기수는
딸이 둥지를 떠나던 날
술만 마셨다

25년 간 품에 안고
애지중지 분신처럼 살았는데

새 하늘로 날려 보내려니
땅에 떨어질까
강풍에 날아갈까
조마조마한 마음 주체할 수 없어
또 술만 마신다.

꽉 찼던 둥지에 어느새 뻥 뚫린 공간
황량한 시베리아 칼바람 불어
시리고 아린 기수의 가슴속
과메기에 소주 한잔을 채운다.

화초 재배

추울 세라 새벽에 나와 창문 닫아 주고
목마를 세라 이른 아침에 물 주고
숨 막힐세라 한낮에 물수건으로 이파리 닦아 주고
심심할세라 하루 종일 있었던 이야기 들려 주었더니만
예쁘게 잘도 큰다.

잘한다, 잘한다, 엉덩이 토닥여 주고
하고 싶은 이야기 다 들어 주고
하고 싶은 일 다 하게 해주었더니
아직까지는 제 앞가림 잘하며 무럭무럭 자라는
두 아들 녀석과 똑같다.

무욕

길가다 저만치 떨어져 있는 신문뭉치
가까이 다가가 살펴보니 돈다발이다
경찰서에 신고해 주인 찾아줄 마음으로
몇 발짝 가다가 그사이 마음 변해
좌우 살펴 아무도 없으면 반절만 신고할까
다 호주머니에 넣을까 머릿속은 혼돈이고
심장 박동은 더 열을 뿜어낼 것이다

눈 먼 나는
금덩이나 돈뭉치가 떨어져 있어도
그냥 지나치니 양심 없게 심장 뛸 일 없어
참 행복하다.

말없는 약속

김종철 의원은
악수한 채로 내 손바닥 긁어 주고

박현규 의원은
내 손을 자기 턱에 갖다 비벼 주고

유영국 의원은
날 꼬오옥 안고 등 토닥여 주고

김철영 의원은
악수한 채로 자기 복부에 갖다 대주고

국주영은 의원은
다섯 손가락을 꼬오옥 쥐어 주고

이원택 의원은
악수한 채 팔을 위아래로 흔들어 주고

악수한 채로 잡아당겨 주는 사람은
임병오 의원이다.

반주 한잔

오랜만에
겨울 둥지 훌훌 털고
아내와 전주천을 걸었다

제법 찬바람에 걸음을 재촉한 매곡교 다리 밑
아내는 봄나물 사러 남부시장으로 떠나고
난 잔디와 한벽교를 돌아와
갈림길에서 냉이 사러 간 아내를 기다렸다
풋고추와 풋양파
파릇한 냉이를 배낭 가득 채운 아내가 다가와
내 등에 배낭을 메어 주고
같이 손잡고 자식 이야기 나누며 집까지 왔다

풋양파 냄새를 맡으니
시장기 동하고 술 한잔 생각나
된장독에서
풋된장 한 종지 푸욱 퍼내
풋고추 찍어 복분자 한잔 곁들였다

캬! 내 몸이 뜨락에 핀 새싹처럼
파릇파릇해졌다.

딸 때문에 마음 아파하는 친구

3차 하청 공장서 월급쟁이 생활하는 친구
딸 문제로 마음 아파하며 소주 한잔 권한다.

큰딸이 공부 잘해
자립형 사립고인 상산고에 합격했는데
한 달 공납금이 250만 원이나 되어
일반 고등학교 장학생으로 들어갔다며
이놈의 돈이 무엇인지 모르겠다
소주잔만 들이키던 친구

작은 임대 아파트에 살며
큰 평수 아파트로 이사 가는 게 소원이라는
큰딸이 친구에게 그랬단다
아빠 걱정하지 마세요
제가 CEO 되면 모두 해결될 거예요.

딸의 말을 옮기며
친구는 또 소주잔만 비운다.

한치 앞도 내다볼 수 없는
캄캄절벽 속에서도 희망은 있노라.
나는 캐나다 암벽을 오르며
묻고 또 물었다.

내 방 가져 보는 게 소원

250만 원 전세로 시작해
집 없는 온갖 서러움 당하고
20년 만에 25평 아파트를 구입했는데

행복도 잠시 두 아들 녀석
쑥쑥 자라는 만큼
궁궐 같던 아파트도 작아졌다

큰아들 녀석 방이 없어
거실에서 자고 친구도 데려오지 못해
제 방 하나 가져 보는 게 소원이라는
아들 녀석이 군대 가기 전에
어떻게든 집을 옮겨야겠다는 아내가
적금 해약하고 돼지 저금통 부수고
얼마 되지 않는 패물까지 팔아
48평 아파트로 이사를 했다

두 아들 녀석 기가 살아
매일 집으로 친구들 초대하는 걸 보니
이루 말할 수 없이 흐뭇하지만
또 한편으론 집 없는 소년소녀 가장이
떠올라 한쪽 가슴이 알싸하다.

국무총리 표창장 수상

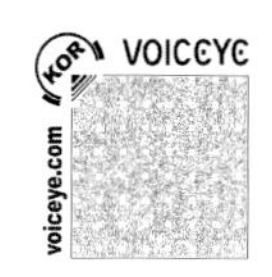

07. 04. 25.
장애인 복지 증진에 기여했다고
국무총리상을 받았다

내가 읽고 싶은 책
점자서와 녹음서로 제작하여
혼자 보기 아까워
동료 시각장애인에게 보여준 것뿐인데

동료 시각장애인과 나들이 같이 간 것뿐인데
정보화 교육 받고 싶어
교육장 문을 활짝 열었던 것뿐인데

이 땅의 200만 장애인이
비장애인과 섞여 살 수 있는 사회를 만들기 위해
나는 최선 다해 뛰어야함을

수상은 칭찬과 동시에
내 작은 어깨를 무겁게 짓누르는 무거운 멍에다.

게으름

읽고 싶은 책 점역시켜 놓고
일 년 동안 차례 한 번 안 읽어 봤다

박사 논문 쓴다고
방대한 자료 수집해 박스에 넣어 두고
일 년 동안 손도 안 댔다

내 공적 알리려고
개인 홈페이지 개설해 놓고
스펨 메일 청소 한 번 안 해
글 올릴 공간 없다

장애인 일자리 활성화 방안 위해
워크샵 계획해 놓고 일 년 다 되도록
세미나 한 번 개최 안 했다

아내에게
정장 한 벌 사 준다고 약속하고선
자꾸 미루기만 했다

종합검진 통지서 받아 놓고

일 년이 넘도록 검사 안 받아서
효력이 정지되었다.

홍삼액

시각장애인 도서관에서 자원 봉사하는
71세 어르신 매 주 마라톤 풀코스 완주하고
할머니와 일주일에 2회 사랑할 수 있는 비결
하루 홍삼 세 봉지 마시는 거란다.

내 나이 마흔여섯
마라톤 풀코스 뛰고 나면 숨차고
아내와 사랑싸움 매 주 두 번은 힘들다고
어르신께 말씀드리자
홍삼 300봉지 보내와 정성들여 마셔 보란다

겸연쩍은 내게
그 다음은 당신 책임 아니라고 껄껄 웃으신다.

홍도에서 목포 오는 선상에서

쪽빛 바다 300리 길
시속 60킬로미터로 달리는 선실에서
맛 본 소주 한잔과 참소라 한 점은 천하일미
좌우 위아래로 요동치는 쾌속선 안에
라면 냄새 풍기며 배 쥐어짜는 승객
겁에 질려 의자 손잡이 꽉 잡고 식은땀 흘리는 승객
세상 모르고 꿈나라로 간 승객 천태만상이다
2시간 30분이면 육지에 발 딛고서
휴, 살았다고 큰 숨 쉬는 게
인생인 걸.

광주 망월동 묘지 참배

아, 그날
난 최루탄 마시며 싸웠지

이 나라 민주화를 위해
백골단에 맞서 싸웠지

전두환 중정부장 물러가라
외치다 군인 워커발에 채이고 개머리판에 맞아
온몸 피멍 들었어도 아프지 않았지
27년 지난 긴 세월 까마득히 잊었는데
오늘 당신 앞에 서니
20대 혈기 솟아 두 주먹 쥐고
나도 모르게 하늘 높이 치켜세웠네.

전두환 물러가라!
신현확 총리 물러가라!

우르르 꽝
따따따 땅
쓰러진 민중들 여기 다 모였구나.

17세도 47세도 잠들었네
님들이 있었기에 지금 우리가 있고
민족사가 있네.

우리 오늘 여기 모인 것은
수유리에 4 · 19 민주열사
충남 옥천에 독립투사
정읍에 동학농민 있듯
광주 망월동에 80민주열사 있기에
대한민국이 살아 있는 것이네

오, 5월의 민주 영령들이시여
고이 잠드소서!

쥐구멍

아내 생일날
막내 녀석이 고구마 케이크 사들고 와
생일 축하한다며
나한테 딱총 잡아당겨 달란다.

촛불을 끈 아내가
달콤한 생크림이 묻은 입술로
여보, 고마워요! 하는데
오늘이 아내 생일인 줄도 모르는 나
쥐구멍이 도통 안 보인다.

막내아들 녀석 마음

장모님 심한 천식에 사주가 좋다고
오수 아버님이 담그신 20년 된 약술
아내가 차에 실고 유성으로 갔다

의회 일정 마치고 귀가 후
배가 몹시 고파 주방 기웃거리는 내게
막내아들 녀석이 다가와
먼저 드시라고 미역국까지 데워 주며
저는 성당 갔다 와서 먹겠단다

차려 준 밥을 다 먹고
한 술 더 먹고 싶어 밥통 뚜껑 여니
속이 텅 비어 있다

애비 생각해서 제 배까지 곯는
기특한 녀석, 배 많이 고플 텐데.

부부의 날

5월 21일은
둘이 하나 되는 부부 데이란다.

25년 전
절대 손에 물 안 묻히고 호강시켜 준다고
꼬드겨 집에 데려와 놓고

그동안 얼마나 고생을 시켰는지
양손가락엔 군살이 가득하고
밤이면 무릎과 어깨가 아려
잠을 설치기 일쑤다

오늘은 설거지 해주고 파
싱크대서 밥 그릇 두 개 씻다가
그만 금이 갔다.

아내가 알까 봐 몰래
휴지로 감아 쓰레기통에 버리는데
살며시 다가와 목 메인 소리로
여보, 손 다친 데 없어요? 하며
내 손 꼬옥 잡아 준다.

눈동자 문신 수술

남 보기 사나울까 봐
왼쪽 눈에 검은 렌즈 낀 지 벌써 25년

때론 관리 소홀로 렌즈에 단백질이 침착되고
찢어진 렌즈 그대로 착용하는 날이면
안구가 쑤시고 충혈되어 고통스러웠다

렌즈 빼고 쉬는 날
갑자기 손님이 방문하면
급히 세면대로 달려가 렌즈 끼고 나오거나
전화가 걸려 와도 급한 약속 아니면
사절하는 경우가 많았다

렌즈 빼고
전주천 둔치서 운동하는 날은
모자 푹 눌러 쓰고 고개 숙이며 걸었다

해외여행할 때는
번거롭지만 렌즈 세트까지 꼭 챙겨야 했는데
이제는 다 필요 없게 되었다
안구에 눈동자 문신 수술했기에.

거울 앞

초등 동창끼리 밤새고
이른 새벽 사우나에 갔다

거울 앞에서 양치질하던 친구가
제 머리에 새치가 생겼다며
까만 내 머리의 비결을 묻는다
거울을 안 보고 산 지 25년째인 나는
그게 바로 내 정신 건강 비법이라고
큰소리쳤다.

희망의 빛 한 줄기 등대삼아
오늘 여기까지 왔다.
내 삶의 모래언덕을 넘고 넘어.

나뭇잎

돌 틈 비집고 핀 들풀들이
어느새 큰 그늘을 만들어 시원하다

어제 만난 친구가
삶이 힘들다고 하소연할 때
희망의 빛 주지 못해 잠 못 이뤘다

오늘 만난 친구가
자녀 혼사 문제로 시름할 때
솔로몬의 지혜 주지 못해 한숨만 나온다

뜨거운 태양 아래 고생하는 친구에게
시원한 그늘 드리우지 못한
무능한 이 신세가 부끄러운 것은

탁한 공기 정화시키고
지구 온난화 방지하는
저 들풀들의 마음을 보았기 때문이다.

장애인과 장애우

장애인 55명과 함께
지리산 노고단으로 나들이 갔다

옹기종기 모여 앉아
점심 도시락 먹고 있는데
총각 도우미가 나서서
장애우님들, 부족한 것 있으시면 말씀하세요.

옆에 계시던
70먹은 시각장애 노인이
어이 총각양반, 난 자네와 친구가 아닐세.

마음을 비우면

장남이 삼수생이라는
친구의 어깨가 축 늘어졌다
일류병 버리면 참 행복할 텐데.

자유발언 소재 부재로
의기소침해진 동료 의원
보여주기 발언 배제하면
참 의욕이 넘칠 텐데.

20km 마라톤 안내 부탁하자
기가 죽는 도우미
뛰다 지치면 천천히 걸어도
참 기력이 샘솟을 텐데.

고들빼기김치

무더위 탓인지
기력도 떨어지고 밥맛도 없던 차
고들빼기김치가 먹고 싶었다.

폭염에 남부시장으로 달려간 아내
고들빼기 두 단에 파 한 단 사들고
다른 한 손엔 막 쪄낸
따끈한 찐빵 한 봉지도 들려 있다

아내가 고들빼기 소금물에 담가
쓴맛 우려내고 파 다듬는 사이
나는 마늘 까고 고추 다듬어 주었다

저녁 밥상에 올라온 고들빼기김치
맵고 쓴맛이 어우러져 식욕 돋워
어느새 밥을 두 그릇째 비우고
아내의 수고로움이 내 이마에
송글송글 맛있는 땀방울로 맺힌다.

간살스럽다

열대야로
이불 안 덮고 자던 아내가

비 좀 내려
서늘해지니
이불부터 잡아당긴다.

양심 불량

아파트 우편함에 놓여 있는
따끈따끈한 백설기 두 봉지

냄새부터 맡아 보니
별다른 냄새는 나지 않는다.

아파트 복도를 쓸고 있는
청소아줌마에게 한 봉지 주고

식탁에 앉아
혀끝으로 살짝 맛보았다

아무 이상 없는데
나도 모르게 휴지통에 넣었다.

정성

시각장애인에게
눈감고도 공 찰 수 있는
축구장 만들어 주겠다고
찜통더위에 다리품 팔고 다닌다며
매일같이 내게 전화하는 사람

하다 말겠지, 했는데
벌써 시작이 반이다.

영화 '화려한 휴가'를 보며

1980년, 그러니까 벌써 27년 전
대학 정문 앞에서
출입을 제지한 계엄군과 대치하고
팔달로에서 가방 속에 돌멩이 넣고
계엄군과 투석전 벌이던 생각이 새록새록 했다

전두환 중앙정보부장 물러가라, 외치다
최루탄 때문에 눈물 콧물 흘리며
이리저리 도망 다니고
전주역 광장서 데모하다
계엄군 곤봉에 맞아 터졌던 머리 부위가
갑자기 아려 왔다

나는 어느새 어금니를 잘근 깨물고
두 주먹을 꽉 쥐고 있었다.

선운사 동백꽃

잠자리 같이 하자고
브래지어 방바닥에 벗어 놓은 여자가
잠깐 나갔다 온다고 하더니

새벽이 되도 돌아오지 않아
모텔 뒤뜰로 나가 보았다

아! 글쎄
그 여자 빨간 브래지어 나무에 걸어 놓고
하얀 솜털 이불 뒤집어쓴 채
잠을 자고 있는 게 아닌가

밤새 가운데 다리만 뻑쩍지근하여
붉은 꽃잎에 오줌을 쏘았다.

들꽃

찬찬히 자세히 만져 볼수록
신비스럽다

오래도록 만지면 만질수록
사랑스럽다

너도 그렇다.

감사하는 마음

아무리 똑똑해도
지지자들이 없었다면 시의원에 당선될 수 없었고
아무리 책을 읽고 싶어도
점역자원봉사자가 없었다면 베스트셀러 읽을 수 없었고
아무리 뛰고 싶어도
페이스 메이트 없으면 사하라 사막 250km는 완주할 수 없었고
아내의 헌신적인 내조 없었다면 사회생활은 가당치도 않았다
그래서 내게 더없이 소중한 사람들.

고난도 사막 마라톤 같은 내 인생.
난 그렇게 살아왔고
앞으로도 그럴 것이다.

부정(父情)

여름 끝자락에
막내 녀석과 행복한 세상을 찾았다

입 샤워기로 안내한 녀석은
물 틀고 비누칠을 해 준다

나보다 5cm 더 훌쩍 커버린
녀석 손 힘에 밀려
스르르 배 한척이 항구를 빠져 나가듯
내 몸도 밀리어 나간다
까칠까칠한 때밀이 수건이 등짝을 기어갈 때
한 겹 한 겹 벗겨지는 소리 정겹다.
쓱쓱 문질러 등판이 쓰려도
샤워 꼭지 잘 못 틀어 뜨끈한 물세례를 받아도
나는 마냥 좋다.

희망

흰 지팡이를 사랑하라고
하느님께서 두 눈을 빼앗아 갔나 봅니다.

흰 지팡이 짚고서
이제 그만 절망의 늪에서 빠져 나오라고
튼튼한 두 다리를 주셨나 봅니다.

그늘진 삶을 사는 사람들에게
부디 밝은 빛이 되라고
하느님께서 점자를 내려 주셨나 봅니다.

꿈이 없는 사람에게 희망을 주라고
하느님께서 흰 지팡이를 주셨나 봅니다.

집안 청소하는 친구

온종일 비가 내렸다
이리저리 뒤척이다 빈대떡 생각이 나서
친구에게 전화했다
출출한데 한잔 땡기자구
응, 좋지
그런데 우리 집 여우가
청소 말끔히 해놔야 나갈 수 있데.

푸진 막걸리

막걸리 한 됫박 시키니
돼지 족발, 삼계탕, 계란탕이 나온다

막걸리 두 됫박째 시키니
가오리무침, 선지국에 생선구이가 나온다

막걸리 세 됫박째 시키니
내가 좋아하는 이면수까지 나온다

더 이상 뱃속에 쟁일 공간 없어
친구 넷이 갈지자걸음으로 삼천천 걷는데

하늘에선 선녀들이 부채춤 추고
천변에는 반딧불이가 엉덩이춤 춘다.

아, 아내가 큰놈 배고 입덧할 때도
실컷 퍼 마셨던 푸진 막걸리 아니던가.

아저씨, 땅 팔아서 막걸리 장사해요?

이혼 사유

객사 앞에서 길 헤매는데
어여쁜 아가씨가 다가와 팔짱을 낀다

삼겹살집에서 술잔만 비우고 있는데
여자 후배가 다가와
상추쌈 싸서 내 입에 쏘옥 넣어 준다

화려한 휴가를 관람하고
여자 도우미와 팔짱을 끼고 나오다가
여자 동창생과 마주쳤다

경태야!
너, 여자가 매일 바뀌는 것 같다
네 아내가 알면 이혼 사유인 거 알지?

국기에 대한 경례

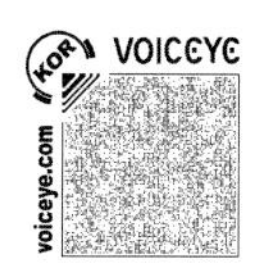

완산구 관내 통장 한마음대회가 열리는 화산 체육관
사회자의 진행에 따라
국기에 대한 경례를 하기 위해 의자에서 일어나
정면을 향해 예의를 표하는데
뒤에 서 있던 어느 통장이 손가락으로 옆구리를 찌른다.
왜 그러는지 영문을 몰라 나중에 물어 보니
태극기가 왼편에 있었단다.

깻잎 장아찌

밥맛 없을 때
식욕 돋구어 주는 깻잎 장아찌

먹은 음식 느끼할 때
개운한 맛 내주는 깻잎 장아찌

해외여행 다닐 때
국민 밑반찬이라는 깻잎 장아찌

한 잎 먹고 싶은 내 젓가락질은
백사장에서 바늘 찾기다.

재수가 좋다는 말에

비가 오나 눈이 오나
내 생명을 지켜 주는 고마운 흰 지팡이가
수난을 당한다.

어제는 서울서 온 친구와 막걸리촌에서
한잔 하고 의자에 세워 둔 흰 지팡이가 없어졌고
오늘은
합승한 손님이 흰 지팡이 좀 구경하자기에 줬더니
갖고 내려 버렸다

흰 지팡이를 대문 앞에 매달아 두면
그 집에 복이 들어오고 재수가 좋다는 말을 믿고
호시탐탐 노리는 사람들.

차라리 내 눈을 빼 가지.

삼 일만 눈을 뜰 수 있다면

첫날은 제일 먼저
사랑하는 아내 얼굴을 보고 싶다
25년 전 앞 못 보는 남편 만나
속이 다 새까맣게 타 들어가도
묵묵히 가정을 지켜 준
천사의 얼굴을 꼭 한 번 보고 싶다

다음은
부모님 얼굴을 보고 싶다
두 눈을 잃은 아들 부여잡고
통한의 아픔이 있어도
꿋꿋이 한 서린 삶을 살아오신
인자하신 얼굴을 보고 싶다

다음은
두 아들 녀석 얼굴을 보고 싶다
야구놀이 같이 안 해줘도
친구들 앞에서 기죽지 않고
깡충깡충 토끼처럼 건강하게 자란
두 아들의 얼굴을 보고 싶다

둘째 날은
집 주변 풍경을 보고 싶다
아파트촌 숲길 거닐며
옆집 아저씨도 만나서
골프며 고스톱을 치고 싶다

다음은
운전을 하고 싶다
전국 방방곡곡 신나게 누비며
아름다운 사람들을 만나고 싶다

그리고
인터넷 게임을 하고 싶다
화려한 화면을 보면서
열광적으로 신나는 게임을 하고 싶다

삼 일째 되는 날은
영화 감상을 하고 싶다
심야에 심형래의 디워도 보고
해리포터도 보면서
아름다운 화면을 기억하고 싶다

그 다음은
여행을 하고 싶다 나 홀로
자전거 타고 이름 모를 곳으로 가
사색을 하고 싶다

그리고
책을 읽은 후 실컷 울겠다
읽고 싶었던 책 실컷 읽고
세상을 볼 수 있는 마지막 날이기에
실컷 울겠다.

VOICEYE
KOR
voiceye.com

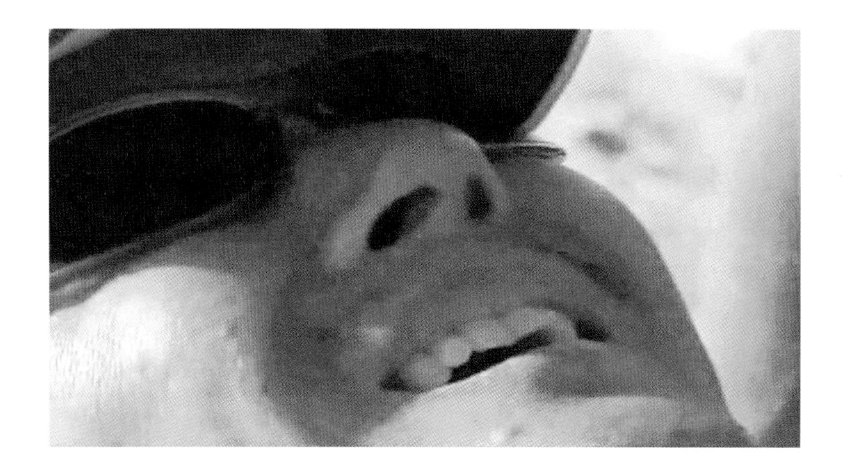

얇은 지갑

열흘째 가을 장맛비가 내린다
하루 종일 잠만 자도 될 느긋한 공휴일
두 아들 녀석은 벌써 책가방 챙겨 메고
아내가 싸 준 주먹밥 두 개씩 들고
대학 도서관으로 가더니 밤 12시 되어서
폭삭 익은 파김치가 되어 돌아왔다.

취업 경쟁 낙타 바늘 구멍이라고
책상에 앉아 또 책을 펴는 두 녀석
저러다 쓰러지면 어쩌나 안쓰러운 마음에
거실 몇 바퀴 돌며 망설이다
얇은 지갑 열어 2만 원 건네며
통닭 시켜 먹고 공부해라, 권해도
두 놈 다 배 안 고프다 고개를 젓는다.

뱃가죽이 딱 붙을 뻔했던 얇은 지갑이
2만 원을 다시 날름 받아 먹는다.

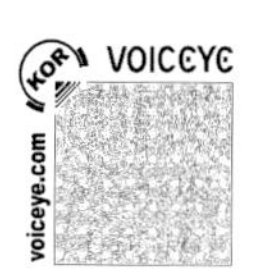

살충제

소파에 쪼그리고 꿀잠 자는 아내가
참 평화롭고 행복해 보였는데
갑자기 장딴지를 박박 긁는 소리가 난다.

아내의 단잠을 훼방 놓는 모기를 잡으려
화분 옆에 놓인 살충제를 갖다 뿌리는데
아내가 깜짝 놀라 콜록거리며 소리친다.

어이쿠 매워라, 이 양반이 생사람 잡네
기껏 생각하고 뿌려 주었더니만
날 두 번 생각했다간 사람 잡겠네 호호호.

어깨가 저릴 때

시집도 소설책도 지방 일간지도
지복으로 살살 문지르며 읽는 점자책

어깨를 타고 머릿속으로
다시 가슴으로 스미는 수많은 문장들이
울었다 웃었다 화를 내기도 합니다.

오늘도 내 영혼을 깨우는 점자책
지복을 문지를 때마다 어깨가 시려온다
그만 세상으로 난 문을 닫고 나니
시리던 왼쪽 어깨가 아프지 않습니다.

요즘 양어깨가 쑤신다는 어머니도
자식들 염려하는 마음 거두고 나면
어깨가 더는 결리지 않겠지요.

40년 넘게 한 자리에 서서
우리 5남매 잘 키워 주신 어머니 집
전주에서 광양 간 고속도로가 뚫려
올 가을이면 그 자리 헐린다지요.

못난 자식들에게 부담 안 주려고
기둥뿌리 다 뽑히는 그날까지
그 자리에서 눈깔사탕 팔고 계실
어머니, 이제 그만 좀 쉬세요.

영아원 경식이

아내와 집 근처 영아원에 갔다
머리가 큰 아이는 영아원 정문 앞에서 데려 왔고
앞을 못 보는 2살짜리 경식이는 싸전 다리 밑에서 데려 왔단다.
동면상심이라고 나는 경식이를 품에 안았다
아이의 앙칼진 손이 내 귓불을 사정없이 잡아뜯는다.
제 엄마 찾아달라는 통증이 내 머릿속까지 전이된다.

묵 먹기

숫처녀 속살처럼 연하고 부드럽지만
쌉쏘롬한 맛이 일품인 묵에
젓가락이 간다
재주가 좋아야
부서지거나 동강 나지 않는다
냉막걸리 한 잔 마시고
젖먹이 다루듯
사랑하는 이를 애무하듯 살살
젓가락으로 정성들여 묵을 집으니
살포시 안긴다.

문자 메시지

추석 명절 잘 보내라고
전국 곳곳에서 문자 메시지가 왔다

답문자 보내야 하는데.
답문자 보내야 하는데.

시각장애인은
언제나 답문자를 보낼 수 있을까?

녹음기 애인

시각장애인들에게 광명의 빛 전하고자
나들이 온 당신

사회복지학 개론도
월간 잡지 건강다이제스트도
밤낮 당신이 속삭여줬지요

한증막보다 더운 녹음실에서
낭독봉사자가 속삭인 대로
당신이 기억하고 있다가
살그머니 다가와 내 귀에 속삭여 줬지요

어제 오늘의 신문기사
몇 수십 수백 번 이야기해 달라 졸라도
단 한 번도 사양 않고
낭랑한 목소리로 읽어 줬지요

그래서 당신은 시각장애인들에게
꼭 필요한 애인이지요.

애인이 논다

유학 잘 다녀오라고
빠이빠이 통화한 지 일 년 만에
그녀가 생각나 휴대폰 눌렀다

호주가 옆집 같이 잘 들린다
공부 열심이냐고 묻는 말에
아직도 한국 땅이란다
실력이 모자라 유학 포기했단다.

한동안 유학에 미쳐
약도 없는 외국 병에 걸리더니
이제야 정신 차린 모양이다.

시작(詩作)

자다 말고 생각나면 써 둔 글이
부끄럽게도 400편이 넘는다 버려야 할까
망설이다 떨리는 손으로 휴대폰 눌렀다

동아일보 신춘문예 출신 작가에게
발가벗은 내 영혼 좀 봐 달라고 쑥쓰럽게
한글 파일 일곱 개 메일로 보내놓고서
25년 전 알몸으로 첫 신방들 때보다
더 수줍은 마음으로 시평(詩評)을 기다린다.

점자책의 수난

김치찌개 냄비 받침용으로 쓴 점자책은
돋보기를 써도 글씨가 뿌옇게 보이고

장롱 위 앨범 꺼내려고 받침용으로 쓴 점자책은
폭격 맞은 간판 글씨 같고

방바닥에 수북이 쌓아둔 채 방치된 점자책은
현미경으로도 판독하기 어렵고

우유병 물고 온 조카가 오줌 누워 젖은 점자책은
사형 선고를 받았다.

가을밤

별이 쏟아지고 있다

앞산 저 너머에도
별이 쏟아지고 있겠지
시집간 누이가
별 많이 주워 온다고 했는데
철이 세 번 바뀌어도 소식이 없다
아, 뒷산에도 별이 쏟아지고 있는데
누이야, 별 쬐끔만 줍자구나.

옹달샘 갈 때마다

이른 새벽이다
푸다닥거리는 소리에 놀라 하늘을 본다
내 더듬거리는 발걸음이
숲 속 애들을 죄다 깨운 모양이다
얘들아, 새벽잠 깨워서 미안하다

점자책

오돌토돌 튀어 오른 점들을
검지손가락 지복으로 스치면
새로운 세계가 열리네
작은 점 하나하나가 모여
세계를 하나로 모으고
나를 위대한 존재로 탄생시킨다

아들 방에 홀로 누워

—노량진 고시촌에서 공부하는 아들 생각

달포 지나도록 임자 없는 방
조용히 문 열어 보았다
책상 위 소형 스탠드 불빛이
초롱초롱 빛나고 있는 것만 같다

아니, 얘가 어디 갔나.

눈 비벼 다시 스탠드 바라봤다
주변이 깜깜하다
아들 침대에 누워 보았다

아니, 이렇게 따뜻한 침대 놔 두고
얘가 잠자다 말고 어디 갔지.

몸 뒤척이니 닿는 부분마다 시리다
이놈아, 빈 방 놔 두고 어디 갔어.

희망의 싹

어둠과 암흑 속에서 더듬거리며
살아온 25년

세상 길 뾰족하고
세상 사람들 시린 작두날 같아도

아스팔트 비집고 나온 푸른 싹을
자동차가 인정사정없이 밀어 버려도

이 험난한 세상 살아가려면
그 자리에 다시 돋는 잡풀처럼
꿋꿋이 살아야 한다고.

온몸으로 쓴 시를 읽는 감동의 즐거움

김준식 | 소설가

송경태. 그는 1급 시각장애인이다. 세상에서 가장 사랑하는 사람, 그것도 25년 동안 자신의 눈이 되어 함께 살아온 아내의 얼굴조차 볼 수 없는 사람이다. 그런 그가 딱 한 번 비장애인이 눈앞의 사물을 보고 말하듯 그렇게 말한 적이 있다. '지금 내 눈앞에 하늘이 노랗게 보인다.'라고. 그가 죽음의 레이스라고 불리는 사하라 사막의 마라톤 대회에 참가했을 때였다. 할라스라는 모래 열풍과 50도를 넘나드는 살인적인 더위 등 최고의 마라토너들도 30%가 탈락하는 힘든 경주에서 그는 달리고, 걷고, 기어가기를 반복하며 마침내 도달한 250킬로 대장정의 결승점에 이르러 절규처럼 내뱉은 말이다.

비록 텔레비전 화면을 통해 그의 그런 외침을 듣고 본 것이지만, 그 순간 나는 전율하지 않을 수 없었다. 시간도 빛도 없는 그의 세계, 앞으로 나가겠다는 의지와 그를 잡아끌었을 어둠 속에서 그가 바라보았을 '노란 하늘'이 안겨준 이미지가 너무도 강렬했기 때문이었다. 앞이 안 보이는 데도 그가 선명히 바라보았을 그 '노란 하늘' 속에는 그동안 그가 지나 왔을 범상치 않은 삶이 그려져 있을 것이었다. 군대에서 훈련을 받던 중 터진 수류탄이 자신의 성한 눈을 빼앗아 가던 처절한 순간과 그를 끝내 받아들일 수 없어 자살을 기도하던 때의 절망감, 그리고 그를 이겨내고 시각장애인도서관 관장으로, 시각장애인 마라토너로, 전주시 시의원으로 새 삶을 살게 되기까지 그의 가슴을 칼날처럼 건넜을 고통의 시간이 고스란히 녹아 있을 것이었다.

아마도 그런 이유들 때문일 것이다. 전주에서 활동하는 아동문학가 박예분님으로부터 이 시집에 대한 발문을 청탁받았을 때 나는 선뜻 응하기 어려웠다. 유명한 평론가의 현학적인 글을 받는 것보다 삶의 아픔을 알고 그를 감동으로 풀어낼 수 있는 소설가의 감상이 더 나을 거라는 말에도 불구하고 그의 시를 이야기한다는 사실이 나에게는 벅차 보였다. 감당하기 힘든 일일 거라는 생각도 들었다. 무엇보다 시각장애인인 그가 한 발자국을 뗄 때마다 느꼈을 어둠의 깊이를 가늠해 보기가 나는 두려웠다. 그것이 어떤 삶이든 타인의 고된 삶을 들여다보고 공감한다는 것은 그와 같은 무게의 내 고통을 들추어내는 일이기도 하니까 말이다.

그래서 나는 그의 원고를 두렵고 조심스러운 마음으로 펼쳐 들었다. 그는 「詩作」이라는 시에서 '25년 전 알몸으로 첫 신방 들 때보다/더 수줍은 마음으로 시평(詩評)을 기다린다.'며 시집 출간을 결심하고 있는데, 나 역시 그런 떨림과 두려움으로 그의 시를 읽기 시작했다. 그러나 160여 편에 이르는 시를 다 읽고 났을 때 나는 어느덧 안도의 한숨을 내쉬고 있었다. 그가 이제껏 살아온 삶을 공감할 수 없어 결국 한 줄의 글도 쓰지 못할지 모른다는 두려움은 사라졌다. 그 대신 아주 멀게만 느껴졌던 그의 세계가 어느덧 내 곁에 친근하게 다가와 있었고, 말로 다 형용하기 힘든 감동이 내 가슴을 가득 메우고 있었다.

그의 시는 결코 눈으로만 읽히지 않았다. 가슴으로 읽혔다. 그가 점과 점을 이으며 비장애인으로서는 가늠하기 힘든 노력으로 쓴 시이기에 막힌 가슴을 여는 힘이 있었고, 그만큼 그의 시가 안겨 주는 감동은 직접적이고 진했다. 자연히 나는 그의 시를 한순간 불꽃 같은 이미지를 전이해 주는 시적 감흥으로만 읽지 않았다. 장애인들은 물론 비장애인들의 삶까지 견책하고 있는 한 인간의 놀랍고 서사적인 인생이 녹아 있는 장

편소설로 읽었고, 기, 승, 전, 결의 모범적인 구조로 아주 잘 짜인 한편의 에세이로 읽었다. 아픔과 분노, 절망과 용기, 그 너머 사랑, 그리고 염원을 자기 삶의 뼈대로 한 감동적인 에세이로.

1. 아픔과 분노

어느 날 문득 거짓말처럼 그는 시력을 잃었다. 1982년 봄, 수류탄 폭발 사고로 두 눈을 잃기 직전까지 그는 그가 입고 있던 푸른 군복처럼 그렇게 푸른 꿈을 익혀 가던 평범한 청년이었다. 「어머니 당신」이라는 시에서 잘 드러나 있듯이 그는 고된 객지 생활 속에서도 부모님을 향한 효도를 잊지 않던 착한 심성의 아들이었고, 꿈을 위해 학업에 열중하던 대학생이었으며, 조국에 의무를 다하던 씩씩한 군인이었다. 그러기에 그때 그가 느꼈을 아픔과 절망감이 엄청났을 것임을 짐작하기엔 그리 어려운 일이 아닐 것이다. 당장 눈앞을 가로막는 깜깜한 어둠처럼 자신의 삶이 언제 끝날지 모를 터널의 입구에 내던져졌다는 절망감이 그의 몸에 몰아쳤을 것이고, 숨이 붙어 있는 동안 누군가의 짐이 될 수밖에 없을 것이라는 자괴감에 몸부림을 쳤을 것이었다.

실제로 그는 천길 나락으로 떨어진 자신의 처지를 감당하지 못하고 자살을 기도하기에 이른다. 밖으로 향하던 울분과 운명에 대한 증오가 안으로 돌려져 자기 파괴의 단계에 이르고 만 것이다. 지금 생각하면 아슬아슬하기조차 한 순간이고 그로써는 돌아보기조차 힘들 만큼 아픈 기억이겠지만, 어쩌면 너무도 당연한 일인지 모른다. 어느 누가 그토록 힘든 순간을 아닌 척, 무감한 척, 그냥 넘길 수 있겠는가. 그 시기에 그의 몸을 건넜을 고통의 시간을 나는 충분히 짐작할 수 있었다. 그리고 그렇게 자기 명줄과도 치열하게 대면해 본 그이기에 지금의 그가 있을 수 있다는 생각에 미치기도 했다.

VOICEYE
voiceye.com

아무튼 그는 그 힘든 시간을 골방에서 '자살'이라는 두 글자를 숨도 쉬지 않고 '자살자살자살자살자살자살자살자살자' 하고 외치다 보니, 자살은 살고 싶은 몸부림의 반어법이라는 걸 깨닫고 세상을 향해 한 발을 내딛는다. 그의 곁에는 그의 눈이 되어 줄 흰 지팡이와 아내가 있었지만 그는 아직도 겁을 먹은 채였다. 그는 점자를 처음 배우는 아이처럼 더듬거리며 세상에 나온다. 그러나 그 세상은 예전에 그가 속해 있던 세상이었지만, 이미 그의 세상은 아니었다. 그의 눈앞을 가로막고 있는 어둠처럼 그 스스로 풀어내기 힘든 경계가 쳐진 삭막한 세상이었다. 앞을 보지 못한다는 이유 하나만으로 「문전박대」를 하는 음식점이 있고, 재수가 없다며 「소금 세례」를 주는 운전사가 득실거리고, 얼마 전까지 눈인사를 하고 지내던 사람들이 자신을 원숭이처럼 바라보는 〈동물우리〉와 같은 세상이었다.

휠체어 타고
중앙 성당에서 객사까지 울퉁불퉁한 인도
따라 걷자니 허리에 심한 통증이 온다.

흰 지팡이 짚고
예술회관에서 시청 가는 길 인도에 세워 둔
불법 입간판에 부딪혀 무릎이 시리다

와중에 급한 볼일까지 생겨
화장실 찾았으나 보이는 건 상가뿐
겨우 찾은 곳은 휠체어로 갈 수 없는 2층 계단

할 수 없이 모퉁이서 볼 일 보는데
나를 더 힘들게 하는 건

이방인 대하듯 바라보는 따가운 눈총들.

—「난 원숭이가 아니다」 전문

이처럼 그는 갑자기 이 사회의 원숭이가 되어 버린 자신을 발견하고는 아파하고 분노한다. 겨우 골방에서 나온 그에겐 충격적이고 서러운 경험이었다. 이때부터 시작된 아픔과 분노는 사고를 당했을 때 자신의 운명을 향하던 그런 것과는 성질이 다른 것이었다. 그것은 자신의 노력만으로 극복할 수 없는 우리 사회 전반에 깔린 의식의 문제였다. 꼭꼭 닫힌 골방에서 외부와 단절한 채 자신의 생명을 파먹는 분노에서 겨우 벗어나 세상에 나왔는데, 그를 기다리고 있던 것은 장애인에 대한 멸시와 소외라는 또 다른 벽이었다.

비 오는 날
전북시각장애인도서관에서 업무 마치고
집으로 돌아가는 길
안내견과 함께 택시를 탔다
아저씨, 눈 안 보이세요?
예.

갑자기 택시 기사 정색하며
비 오는데 뭣 하러 싸돌아다녀
집구석에 가만히 처박혀 있지.

—「푸대접」 전문

이러한 멸시와 푸대접은 그에겐 독이었다. 지팡이를 힘껏 잡고 있는 손아귀 힘을 빠지게 하는 것이었고, 그로 하여금 눈앞의 어둠보다 헤쳐 나가기 더 힘든 고역이었다. 하지만 그에게 사회적인 멸시와 푸대접이 계속된다. 그럴 때마다 그는 세상을 향해 독하게 욕도 해보고 시각 장애인에 대한 미흡한 사회복지정책을 성토해 보지만 소용없는 일이었다. 그런 불만과 절규의 끝은 항상 자신을 더욱 움츠리게 하고 그에 따른 절망만을 키워 나갈 뿐이었다.

2. 절망과 용기

한동안 그는 뚜렷한 각성이나 각오 없이 절망 쌓기를 계속한다. 더듬더듬 길을 가다 인도에 세워 둔 봉고차에 눈덩이를 다쳤을 때 비명을 지르는 것으로 분노를 식히고, 가족과 이웃에게 윤간당한 「여성장애인 성폭행」 소문에 맥없이 눈물 흘리고, 아래의 시 「시내버스 정류장에서」처럼 소통의 부재 속에서 누군가의 도움을 마냥 기다리는 피동적인 태도로 그날그날을 이어 간다.

객사 앞에서 전주대 가는 시내버스 타려고
옆에 서 있는 아저씨에게
전주대행 버스가 오면 좀 태워 주세요, 하니
예, 태워 드리죠, 한다.

한 시간을 기다려도
아무 소식 없어
아저씨, 아직도 전주대행 버스가 안 오나 봐요
묻고 또 물어도 옆에 아무도 없었다.

—「시내버스 정류장에서」 전문

그런 그에게 자신의 운명을 극복해야겠다는 용기를 불어넣어 준 건 아내인 듯하다. 그에게 선뜻 시집을 와 준 아내는 기꺼이 그의 눈과 발이 되어 주고 삶의 길잡이가 되어 주었다. 그는 수 편의 시를 통하여 아내를 향한 사랑을 그리고 있는데 앞을 볼 수 없는 그가 아니고는 도저히 쓸 수 없는 시라서 그런지 그만큼 감동도 깊었다.

소파에 쪼그리고 꿀잠 자는 아내가
참 평화롭고 행복해 보였는데
갑자기 장딴지를 박박 긁는 소리가 난다.

아내의 단잠을 훼방 놓는 모기를 잡으려
화분 옆에 놓인 살충제를 갖다 뿌리는데
아내가 깜짝 놀라 콜록거리며 소리친다.

어이쿠 매워라, 이 양반이 생사람 잡네
기껏 생각하고 뿌려 주었더니만
날 두 번 생각했다간 사람 잡겠네 호호호.

—「살충제」 전문

이런 가족의 사랑 때문에 그는 세상에서 받은 상처를 씻어 가며 웃음과 고운 심성을 되찾아 간다. 하지만 그가 자신의 한계를 극복하겠다는 기치 아래 비장애인들도 힘든 마라토너로 사하라 사막과 고비 사막을 종주하고, 시각장애인도서관장으로서, 시의원으로서, '당신의 성취 비결이 무엇이냐.'고 물었을 때 '꿈이요.'라고 대답할 수 있게 큰 용기를 가지게 한 것은 결국 자신과의 냉정한 대면에서 비롯되었다고 나는 생각한다.

아내와 막내아들이

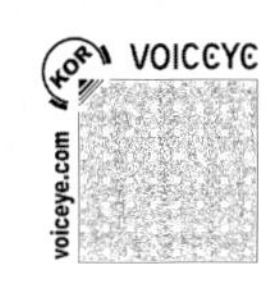

성경학교 학생들과 성지 순례를 떠나
나 혼자 집에 남게 되었다

끼니때가 되어
아내가 준비해 놓고 간 곰국을
가스렌지 위에 올려놓고 데웠다
간이 싱거워 소금을 찾았다
찬장 속에 진열된 커피 잔 두 개가
싱크대 위로 떨어져 박살이 났다
냉장고를 열고 묵은지를 찾았다
참기름 병이 바닥에 떨어져 깨졌다
식은 밥을 무염곰국에 말아 먹었다
목구멍으로 잘 넘어가질 않았다
괜히 눈물이 나온다.

—「혼자는 살 수 없다」 전문

그 순간 그는 정말로 아이처럼 엉엉 울었을 것이다. 아니, 이웃의 동정과 가족의 사랑으로 잠시 잊었던 깊은 절망을 다시 느꼈을 것이었다. 결국 그는 혼자라는 사실을 뼈저리게 느끼고 자신에 대해 다시 분노했을 것이다. 그러나 그의 분노가 예전처럼 자신을 파괴하는 기재로써 작용하는 대신에 한 발자국을 뗄 때마다 느끼는 절망 속에서 희망을 찾고, 외부와 내부, 너와 나를 긴밀하게 연결해 나가는 용기로 그를 승화시키는 계기로 작용했을 것이다. 왜냐하면 그에게는 아픔과 분노를 희망으로 전환시켜 주는 가족의 사랑이 있었고, 자신을 이제껏 도와온 가족에 대한 책임을 그 순간 그 역시 절실히 느꼈을 것이므로.

3. 그 너머 사랑

그때부터 그는 달리기 시작한다. 혼자서도 아픔과 절망에서 찾아낸 사랑의 씨앗을 키우기 위해 다리의 힘을 기르고 전주천변으로, 모악산으로 나서기 시작한다. 1998년, 그가 눈을 잃은 지 16년째 되던 해였다. 그의 눈앞은 여전히 짙은 어둠이 고여 있었지만 더 이상 그의 앞길을 막지는 못했다. 마치 새벽의 여명처럼 그 짙은 어둠을 퍼 올리는 정신이 깨어 있어 그의 눈앞은 빛으로 충만했다. 그는 어둠 속에서 한 줄기 빛처럼 떠오른 시적 이미지, 그가 오랜 동안 꿈꾸어 왔던 꿈을 찾아 달리고 또 달린다. 안내견 '찬미'와 함께 미국 대륙을 도보로 횡단하고, 캐나다 록키산맥 스쿠아뮤쉬 거벽 등반에 도전하는가 하면 남북통일 염원 목포에서 판문점까지 도보로 종단하고 마침내 사하라 사막을 종주했다. 그러면서 그는 자신의 생에 대한 사랑을 가족에 대한 사랑으로 보답했음은 물론이고 이 나라 17만 장애인에 대한 사랑으로 확장시켜 나간다. 그가 국내 최초의 점자도서관 관장이 되고 전주시 시의원으로 사회 복지의 질을 높을 수 있었던 것도 사랑의 넓이를 확장해 나간 결과였다.

제27회 장애인 축제를 맞아 천사가 되어 달라고
황사먼지 매캐한 트럭 매연 마시고
퍼붓는 폭우 온몸으로 맞으며 달려온 18일

탱탱 부은 발은 신발이 작아졌고
발목, 무릎 잘 펴지지 않아 안티프라민 펴 바르고
자꾸만 처지는 눈꺼풀 두 손으로 때리며
달리는 600km

3만 관중 운집한 울산 대공원 도착하던 날

하늘의 헬기가 나를 따르고
울산 시민 1004명이 나를 따르고
연도의 천사들이 나를 환호해 줘도 덤덤했는데

대공원 남문서
현대차 여천사가 목에 걸어 준 꽃목걸이가
나를 울게 했다.

길가엔 박수비가 한없이 쏟아지고
내 몸은 천사 파도에 이리저리 떠밀려
무대 섬에 도착 이 땅의 200만 장애인이
이 환희의 순간을 만끽해야하는데
벌써부터 내 어깨는 더욱더 무거워졌다.

이 나라 장애인 복지 증진을 위한
신호탄을 또 하늘 높이 쏘아 올렸기에.

—「600km 완주」 전문

나는 그가 이 땅의 장애인들에게 용기를 주기 위해 600킬로미터를 달리는 동안 선물로 받은 탱탱 불은 그의 발을 시적 이미지로 상상해 본다. 그것이야말로 그가 온몸으로 시를 써 온 증표였다. 그는 그렇게 힘들여 써 온 시를 부끄러운 듯 세상에 내보임으로써, 삶에 대한 깊은 통찰이란 머리로 하는 것이 아니라 몸으로 하는 것임을 지금 우리에게 보여주고 있다. 때문에 나는 문학적인 완성도를 따져 가며 그의 시를 감상할 겨를도 이유도 없다고 생각한다. 그는 한 발짝 한 발짝을 내딛을 때마다 절망과 희망을, 외부와 내부를, 너와 나의 관계를 염두해 두어야 하는 사람이다. 그로써는 너무도 막막할 이 두 간극에서 절망 대신 삶을 희망과 사랑으로 승화시키고 있고 그를 시로 표현한 것만으로도 진정성은 충분하다.

사실 내가 이해하는 좋은 시란 가만히 두어도 스스로 빛나는 말들을 이리 비틀고 저리 꼬아 현학적으로 보여주는 것보다는, 한 줄기 맑은 미소나 한 방울 눈물처럼 우리 인간이 천형으로 짊어진 긴장된 삶을 해소하고, 투쟁을 강요하는 현실에서 잠시나마 자신을 이탈시켜 그리운 어떤 지점으로 끌고 가 정지시키는 것, 그리하여 막혔던 숨통을 조금이라도 열어 놓고 쉬게 하는 무엇이라고 생각해 왔다. 그런 시각으로 볼 때 송경태가 발로 몸으로 쓴 시들은 좋은 시임에 틀림이 없다. 무엇보다 타인을 향해 가슴을 열게 하는 감동이 있고, 시인의 간절한 소망과 염원, 그리고 편안한 안식이 담겨 있는 것이다. 그리고 그런 것들이 개인의 심리에 머물러 있지 않고 인간의 보편성을 명료하게 보여주고 있다는 데서 그의 시는 더욱 빛을 발한다.

4. 그리고 염원

이제껏 우리는 송경태라는 한 인간이 시각장애라는 천형의 굴레를 어떻게 극복하고 꿈을 이루어 왔는지, 이루어 가는지, 그가 쓴 시를 통해 보아 왔다. 아마도 그는 계속해서 달리기를 멈추지 않을 것이다. 시력을 잃거나 청력을 잃고 절망하고 있는 장애인들에게 우리도 하면 된다는 용기를 나누어 주기 위해 흰 지팡이에 자신을 의지한 채 달리기를 계속할 것이다.

흰 지팡이를 사랑하라고
하느님께서 두 눈을 빼앗아 갔나 봅니다.

VOICEYE voiceye.com

흰 지팡이 짚고서
이제 그만 절망의 늪에서 빠져 나오라고
튼튼한 두 다리를 주셨나 봅니다.

그늘진 삶을 사는 사람들에게
부디 밝은 빛이 되라고
하느님께서 점자를 내려 주셨나 봅니다.

꿈이 없는 사람에게 희망을 주라고
하느님께서 흰 지팡이를 주셨나 봅니다.

—「희망」 전문

이 시가 보여주고 있는 것처럼 그의 가슴은 종교적인 열정이 가미되면서 이타적인 사랑을 향한 염원으로 가득 차 있는 것 같다. 자신의 고통이 타인의 기쁨이 될 수 있다면 기꺼이 자신의 몸을 불구덩이에 내던질 각오가 되어 있어 보인다. 지상에서 가장 힘들다는 레이스, 칠레 아타카마 사막의 250킬로미터의 종주를 위해 「신발 끈을 바짝 조이자」는 그를 보고 있노라면 이젠 그 스스로도 제어하기 힘든 도전자의 마력에 빠져 있는 듯도 싶다.

그러나 나는 그가 궁극적으로 도달하고 싶은 곳은 다른 데 있다고 믿고 있다. '삼 일만 눈을 떠 보는 일', 실은 해발 사천 미터를 넘나드는 아타카마 사막을 종주하는 것보다 훨씬 어려는 일이지만, 그가 목메게 그리는 것은 바로 그가 떠나온 그 자리였다. 수많은 그의 시 가운데 내가 가장 감동적으로 읽은 아래 시엔 그런 그의 마음이 고스란히 담겨 있다.

첫날은 제일 먼저
사랑하는 아내 얼굴을 보고 싶다

25년 전 앞 못 보는 남편 만나
속이 다 새까맣게 타 들어가도
묵묵히 가정을 지켜 준
천사의 얼굴을 꼭 한 번 보고 싶다

다음은
부모님 얼굴을 보고 싶다
두 눈을 잃은 아들 부여잡고
통한의 아픔이 있어도
꿋꿋이 한 서린 삶을 살아오신
인자하신 얼굴을 보고 싶다

다음은
두 아들 녀석 얼굴을 보고 싶다
야구놀이 같이 안 해줘도
친구들 앞에서 기죽지 않고
깡충깡충 토끼처럼 건강하게 자란
두 아들의 얼굴을 보고 싶다

둘째 날은
집 주변 풍경을 보고 싶다
아파트촌 숲길 거닐며
옆집 아저씨도 만나서
골프며 고스톱을 치고 싶다

[…중략…]

그리고
책을 읽은 후 실컷 울겠다
읽고 싶었던 책 실컷 읽고
세상을 볼 수 있는 마지막 날이기에
실컷 울겠다.

—「삼 일만 눈을 뜰 수 있다면」 전문

그러니까 그가 그렇게 힘든 레이스를 그치지 않는 건 바로 이런 인간적인 염원 때문이지 싶다. 물론 이 같은 염원이 현실 속에서 이루어지기는 불가능하다는 것을 그도 알고 있을 것이다. 현대 의학으로는 그의 시력을 되찾을 수 없기 때문이다. 하지만 불가능할 것 같은 많은 일을 해내면서 그는 언젠가는 이 염원도 실현 가능할 것이라고 믿을 수도 있다. 불가능한 도전에 자신의 몸을 던져 놓고 있는 동안만큼은 그에겐 어떤 불가능도 없을 것이므로.

그러기에 나는 그가 안쓰러운 동시에 친근하게 느껴진다. 그가 지금껏 보여준 인간 승리의 삶을 통해 우리가 미처 깨닫지 못하던 치열한 삶의 원형을 보고 있다는 느낌을 지울 수 없다. 그리고 그의 생 앞에서 문득 부끄러워진다. 삼 일만 눈을 떠 보고 다시 암흑의 세계로 돌아가야 하는 날엔 세상을 볼 수 있는 마지막 날이기에 실컷 울겠다는 그, 이승의 평범한 삶을 진정으로 사랑하지 않고는 할 수 없는 염원을 가슴에 담고 오늘도 달리기를 멈추지 않는 송경태, 영원히 늙지 않고 청년으로 머물러 있을 것 같은 그가 그토록 바라고 염원하는 삶을 나는 별다른 감사함 없이 살아가고 있지 않은가 말이다.

나는 개인적으로 그를 잘 알지 못한다. 그와 맺은 인연이라고는 5년 전 그가 관장으로 있는 전북시각장애인도서관에 이십여 권의 책을 기증하고 내 작품 『비익조』가 낭독 봉사자에게 읽혀 여러 시각장애인들과 공유했다는 인연밖에는 없다. 그런데 그처럼 하찮은 인연이 나로 하여

금 온몸으로 쓴 시를 읽는 감동을 선사해 주었던 것이다. 그래서 지금 나는 내 자신에게 이르듯 조용히 말하고 싶다. 이제 그 대신 우리가 달리자고, 그의 등을 무겁게 짓누르고 있을 짐을 우리가 대신 나누어 갖자고, 그리하여 그가 자신의 즐거움만을 위해 달릴 수 있도록 하자고, 그것이 이승에서 인간으로 함께 인연을 맺은 우리들의 도리일 테니까.

VOICEYE
KOR
voiceye.com